紅国後宮天命伝
～星見の少女は恋を知る～

綾瀬ありる Ariru Ayase

ALPHAPOLIS
WEB CITY SINCE 2000
アルファポリス文庫

https://www.alphapolis.co.jp/

第一章　後宮の亡霊

「今日もいい天気ねぇ」

早朝の風はやや冷たいが、起き抜けの身には心地よい。胸いっぱいにその空気を吸い込んで、花琳《ファリン》は大きく伸びをした。

空を見あげれば、青い空に幾筋か雲がたなびいている。雨の兆候はなさそうだ、と判断してぱたんと窓を閉めると、身支度を整えて部屋を後にした。

廊下に出れば、すでに通いの使用人夫婦が朝餉の支度をしているとみえ、粥を煮る良い匂いがあたりに立ち込めている。十六歳の健康な胃袋は、その匂いにきゅうと小さな音を立てた。

苦笑をもらした花琳は、急ぎ足で厨房の方へと歩いて行く。

「おはようございます！」

「おはよう、花琳ちゃん……今日も早いね」

花琳の元気な挨拶に振り返ったのは、周《ジョウ》夫人だ。夫とともに、ここ游《ユウ》家の別邸で家事全般を担っている。もう五十に手の届こうかという年齢だが、きびきびとよく立ち働く気立ての良い人物だ。

「んん……良い匂い。早く食べたいな……」

「じゃあ、桜綾《ヨウリン》様を早く起こしてくるんだね」

周夫人は、目尻にしわを浮かべてにっこりと微笑んだ。ほら、と指し示された先には、盆の上に水差しと湯呑が並べられている。

毎朝のことだが、げっそりとした顔つきになった花琳を見て、周夫人はますます目尻のしわを深くした。

「花琳ちゃんはよくやってるよ……これまで桜綾様に弟子入りしたい、という人間は何人も来たけれど、すぐに根をあげて逃げ出しちまったのにさ」

「……師匠は、私にとっては恩人だから」

「そうだろうけど……」

なおもものを言いたげな周夫人に微笑んで見せると、花琳は盆を抱えて厨房をあとにした。

都のはずれにある別邸とはいえ、游家の所有物であるそれはなかなかの広さと格式を備えている。中庭を囲むようにして建てられた邸の廊下を、花琳は水をこぼさぬよう注意しながら早足に桜綾の部屋のある奥へと向かった。

格子戸の前で一つ息を吸い込むと、外から声をかける。

「師匠、桜綾師匠、朝ですよ……！」

そのまま、ゆっくりと十を数えるほどの時間、花琳はそのまま中の様子を窺った。

だが、中からは物音一つしない。

いつものことだけど、と花琳は小さく嘆息すると「入りますよぉ」と一声かけて部屋の戸を開けた。

とたんに鼻をついたのは強い酒精の香りだ。鼻の頭にしわを寄せ、取っ散らかった部屋の中をずんずんと進んで奥の牀榻《ショウトウ》へと向かう。

薄絹を張り巡らせた牀榻の中では、一人の女性が布団にくるまって呻いていた。

「う、うう……」

「もう……桜綾師匠、またですかぁ?」

「うぷ……もう飲めない……」

「飲まなくていいんですよ!」

もう、と小さく呟いて、花琳は傍らの机に盆を置こうと振り返った。が、そこには昨夜使用したと思われる酒器や、桜綾があちこちから収集した本がところせましと積み上げられている。昨日片づけたばかりなのに、とため息をつきながら、花琳はそれらを手で寄せて場所を作る。

盆をそこに置くと、花琳は布団を抱え込んで丸くなっている女性、游桜綾からそれをはぎとり、叩き起こした。桜綾は抵抗を見せたが、その腕は弱弱しいものだ。あっさりと牀榻から追い出されると、床の上に座り込んで「うええ、水……」と呻く。その息の酒臭さに、花琳は顔をしかめた。

「もう、師匠……飲みすぎ！」

「んやぁ……しかし」

「しかしも案山子もないんです！　どうしていつもこんなになるまで飲むんですか……」

　はああ、と大きなため息をついた花琳の足元で、桜綾は差し出された湯呑に入った水をちびちびと飲んでいる。

　その表情は、激しい二日酔いのために冴えないが、とても反省しているようには見えない。

　再び大きなため息をこぼして、花琳は湯呑に水を継ぎ足してやった。

　花琳が桜綾の弟子になってから、既に一年の月日が流れている。その日から、これは毎朝繰り返されている光景だ。

　もともと、花琳は下級貴族である黎《レイ》家の娘であった。父は宮廷に出仕する文官で、母はその後妻である。父と前妻との間には息子が一人いて、これが花琳にとって年齢の離れた異母兄で名を俊豪《ジュンハオ》といった。

　前妻は産褥《さんじょく》で亡くなったそうだ。そんなわけで母親というものと縁遠かった異母兄は、後妻に入った母のことを慕い、後に産まれた花琳のことも大変にかわいがってくれた。

「かわいい花琳、にいさまと一緒に本を読もうか」

八つも年上の異母兄は、そうやっていつも花琳を膝の上に乗せて、絵巻などを読んで聞かせてくれたものだ。

このように、たいそう幸せな生活を送っていた花琳だが、残念なことにそれは長く続くものではなかった。

まず最初の悲劇は、花琳が九歳、俊豪が十七歳の時に起きた。両親が揃って流行り病にかかり、あっさりと亡くなってしまったのである。

突然の当主の死去に、下級とはいえ貴族の一員である黎家は、跡目を巡ってかなり揉めたらしい。らしい、としか言えないのは、九歳の花琳は両親を亡くした悲しみのあまりほとんど臥せってばかりいて、何も知らずに過ごしていたからだ。

だが、半年もしないうちに俊豪は基盤を整え、黎家の跡継ぎとしての立場を確固たるものとしたようだった。

さらにその一年半後、十九歳を迎えた俊豪は、立太子されたばかりの皇太子、紅《ホン》劉帆《リュウファン》のもとで働く機会に恵まれた。

「皇太子殿下は素晴らしいお方だよ、花琳」

早く帰れた日に夕餉を共にすると、俊豪はよく酒に酔ってそんなことを花琳に言って聞かせたものだ。

それからしばらくは、平穏な日々が続く。一応貴族の子女である花琳は、毎日を習い事やそのお稽古に時間を費やしたりして過ごした。

異母兄も生き生きと働いていて、黎家は順風満帆であるかのように見えた。

だが、それからしばらくすると、再び不穏な空気が漂い始める。俊豪が家に戻る時間がだんだん遅くなったかと思うと、今度は幾晩も帰ってこないような日々が続くようになったのだ。

花琳は異母兄の身体を心配し、少しは休むようにと言い続けてきた。けれど、少しやつれた顔をした俊豪は、いつも力のない笑みを浮かべてこう言うのだ。

「今が山場なんだ……これを超えたら、少しお休みを頂けるからね」

「でも、にいさま……お顔の色が悪いわ」

思えば、この時花琳はもっと強く俊豪に休みを取るよう言うべきだったのだろう。

しかし、それは言っても詮なきこと。

けれど、花琳は未だにこの時のことを夢に見てうなされることがある。

なぜならその後――俊豪は、朝出仕すると言って家を出たまま消息を絶ってしまったのだ。この時、花琳は十三歳、俊豪は二十一歳になっていた。

さらに悪いこととは重なるもので、俊豪が行方知れずになったことが露見したころ、皇帝陛下が病に倒れたとの報が国中を駆け巡ったのである。

国を揺るがす凶報に、世情は乱れ都の中の治安も悪化する一方。皇太子殿下は何をしているのか、と責める声まで上がり始め、まさに収拾のつかない事態にまで発展していた。

そんな混迷した世情もあり、主を失った黎家はいつの間にか家督を奪われ、花琳は貴族のお嬢様から一転、下働きの身にまで落とされた。

これには、父が一族の意向を無視して花琳の母を後妻に迎えたことも影響していたようである。そんなことを、花琳に代わって「黎家のお嬢様」になった従姉妹《いとこ》の嶺依《リンリー》から聞かされた。

「おまえのその目、気持ち悪いったらないわ……」

そう言われたことも何度もあった。

花琳の母は、遠い祖先に異民族の血が入っているらしい。そのせいか、花琳はこの国では珍しくない黒髪ではあるものの、瞳はほんのりと青みがかっている。

明るいところで見なければわからないほどの些細なことだが、それが彼らにとって気に入らないことのようだった。

そして、もうひとつ。花琳はどんな扱いを受けようとも「いつか異母兄が帰ってきてくれる」と信じて決して折れることがなかった。これだけひどい扱いを受ければ、泣いて許しを乞うてもおかしくない。元は貴族のお嬢様として、甘やかされて育った娘だ。そうしてみっともない姿を見せれば、彼らの溜飲も下がっただろう。けれど、花琳は泣き言も言わず、黙々と彼らの仕打ちに耐え続けた。

ただ異母兄の無事な姿を一目見たい——きっと帰ってくるならば、それは「ここ」に違いない。だから花琳は決して追い出されるわけにはいかなかったのだ。

けれど、その態度が、さらに彼らの神経を逆なでしたとみえる。与えられる仕打ちは次第に苛烈なものになっていた。

食事は一日一度。それも、嶺依の機嫌次第で与えられないこともざらにある。やせ細って骨と皮だけのガリガリの姿で働かされていた花琳を救ってくれたのが、現在の師匠である游桜綾だった。

游桜綾、といえば、名門貴族游家の末娘。道士としても名高い游家当主の才を受け継ぎ、希代の天才と謳われた人物である。

だが、それを花琳が知るのはもう少し後の話だ。

その時聞かされた話によれば、桜綾は花琳の母と親交があったらしい。その縁もあって、噂を聞きつけた桜綾が花琳を迎えに来てくれたのだそうだ。

花琳は最初こそ、異母兄を待つためにはここにいなければ、と断った。だが、桜綾は辛抱強く花琳を説得した。

「馬鹿を言うんじゃないよ。生きてなきゃ、待つことだってできやしない。ここにいては、早晩おまえさんは死んでしまうよ」

そう桜綾に諭されなければ、花琳は今生きていなかったかもしれない。そうして、游家の別邸に連れてこられた花琳は、改めて桜綾に頭を下げられた。

「すまなかったね……私がもっと早く気付いていれば……」

「いえ……そんなことは……」

骨と皮ばかりのような花琳の手を握って、桜綾は涙を浮かべていた。その日のことを思い出すと、花琳の心に暖かな火が灯る。

いくら異母兄の帰りを信じていても、やはり十五歳の少女である花琳にとって、黎家での仕打ちは心身を弱らせていた。そこへ、こうも優しくされれば、張っていた気も緩む。

気づけば花琳の瞳からは、ぽろぽろと大粒の涙がこぼれていた。そんな花琳を、桜綾がぎゅっと抱きしめてくれる。その身体の柔らかさ、温かさに、花琳は母のことを思い出し、縋り付いて号泣した。

そうして、安心したせいか——その日はそのまま気を失ってしまった。気付けばかわいらしい装飾のされた牀榻に寝かされていて、花琳が仰天し、叫び声を上げたのも今では笑い話だ。

最初の半年ほどは花琳の身の健康を取り戻すため療養生活を送ることになった。桜綾もさすがにその間は、酒もほどほどにしてあれこれと気を使ってくれたものである。

その甲斐あってか、半年も過ぎるころには花琳はすっかり健康を取り戻していた。

そのころになると、自然と桜綾が道士であること、そして名門の娘でありながら都のはずれにある別邸で暮らしている理由を知ることになる。

道士といえば食事は精進潔斎し、獣肉を食べることや酒を嗜むことは禁じられているのが普通だ。けれど、桜綾は獣肉を好み、酒を好んだ。

当主である父に何度いさめられても生活態度が改まらず、かといって破門をするにはその才が惜しい。仕方なく、半ば追い出したような体裁を繕ってこの別邸に住まわせているのだという。

まあ、道士としてだけでなく貴族の子女としても相当な「変わり者」だ。

けれど、花琳にとっては桜綾が変わり者かどうかなど、どうでもいいことだった。

それよりも重要なのは、彼女が道士である、という一点だ。

（道士様なら、異母兄《にい》さまの行方を術で調べることができるかも……）

異母兄の失踪から、この時すでに二年近くの時が過ぎようとしていた。桜綾のもとで過ごしながらも、花琳が彼のことを忘れたことはない。

さすがにこのころになると、異母兄が自分から帰ってくることは難しい状況に立たされているのだろう、という予想はつく。

できれば異母兄の行方を捜しに行きたい。けれど、それが無理なこともまた事実。桜綾の道術で探せるものならば、探して欲しいのが本音だ。

しかし、花琳は一文無しで、桜綾に養われている身である。道士である彼女に捜索を依頼するための金銭など、出せるはずもない。

もちろん、桜綾が花琳に対価を求めるとは思わない。けれど、恩人とあがめる桜綾に、これ以上何かを頼むのは、さすがに憚られる。

それに――できれば花琳は、自分の手で異母兄を探し出したかった。俊豪は、今となっては唯一の肉親である。その彼に何があったか、今どうしているか。それを自分の手で確かめないことには、きっと納得できない。

そんな折である。周夫人のもらした何気ない一言が、天啓のように花琳の耳には聞こえたのだ。

「最近、とうとう桜綾様に弟子入り志願する人もいなくなっちまったねえ……」

「えっ……桜綾様、お弟子がいたことがあるの……？」

厨房で芋の皮むきを手伝っていた花琳は、その言葉に目を瞬かせた。

なにせ、桜綾は道士としてはありえない生活態度の人間だ。このころには、花琳もそれを知っていた。とてもじゃないが、そんな桜綾にわざわざ弟子入りしたいと思う人間がいるとは思えない。

しかし、周夫人はからからと笑うと、理由を教えてくれた。

「あれでも桜綾様は、腕は間違いないし……それに、游家の娘でいらっしゃる。弟子入りしたいやつらの狙いは、道士になることじゃあなくて、桜綾様さ」

「ああ、なるほど……婿入り志願というわけね」

周夫人は大きく頷くと、今度は大げさに嘆いて見せた。

「桜綾様は美人だし、家柄もいいというのに……。とんといい話も聞かないし、最近じゃあとうとう婿になりたいというお人も現れなくなっちまって……。このままじゃ、いかず後家になっちまうよ……」

首を振って、周夫人は最後には「あの生活態度さえまともならねえ」と呟いて大きなため息をもらした。けれど、花琳の脳内ではそんなことよりも「弟子」という言葉がちかちかと点滅している。

（これだわ……！）

弟子。そういう道があるのか……！

桜綾に頼むのが気が引けるのならば、自分が道術を身に着けて異母兄を探せばいいのである。名案だと喜び勇んだ花琳は、その足で桜綾の元へと向かった。

「桜綾様、私を弟子にしてください！」

「な、なんだい藪から棒に……」

「お願いです……！」

花琳は、そう言うと桜綾の前で平伏した。突然のことに目を白黒させる桜綾に、なおも弟子にしてくれと頼みこむ。

しばらくして、はあ、と小さなため息が頭上に落ちた。

（だめ……なのかな……）

いくらなんでも突然すぎただろうか。けれど、花琳にはもう「これしかない」と思ったのだ。

ぎゅっと目をつぶり、頭を床に着くほどに下げて、花琳はじっと桜綾の答えを待った。

それから、どれほどの時間が経ったのか。それが長かったのか短かったのかもわからない。ただ、手がじっとりと汗ばんで、自分の息が少しだけ上がっているのを感じる。

はあ、と再度ため息がこぼれる音がして、それから桜綾が立ち上がったのか、衣擦れの音がした。

爪の先が手のひらに食い込む。それくらいぎゅっとこぶしを握ってしまっていることに気付いて、小さく息を吐く。

「本当は……おまえは早いところいい人を見つけて、結婚した方がいいと思うんだけどねえ……」

それは、ここに来てから幾度となく言われた言葉だ。小さく息を飲みこんで、花琳は黙って言葉の続きを待つ。

「……弟子となったら、私の身の回りの世話一切をやらせることになるよ」

「……！　は、はい！」

花琳は、がば、と顔をあげて桜綾を仰ぎ見た。その視線の先で、仁王立ちした彼女は仕方なさそうに微笑んでいる。

その表情を見て、花琳は「やったぁ！」と叫ぶと飛び跳ねて喜んだ。

「これも、血ってやつかねぇ……」

小躍りして喜んだかと思えば、机の端に足をぶつけて涙目になっている少女を見つめながら、小さな声で桜綾が呟く。

だが、それは花琳の耳に届く前に、空に溶けて消えた。

こうして、花琳は齢十五にして道士の弟子となったのである。

弟子として生活し始めてからわかったことだが、午前中の桜綾は使い物にならない。呻きながらも朝食の粥を完食した後は、ひたすら牀榻の上で転がっているのが常である。

正直なところ、花琳が弟子になるまではもう少しまともな生活を送っていたので――花琳はそれが自分のせいなのだろうかと少しだけ申し訳ない気持ちになったりもした。

けれど、それを笑い飛ばしたのは周夫人だ。

「花琳ちゃんが来て少しはまともになったかと思ったけどねぇ……桜綾様は昔からあだったよ」

「ええっ……あんな、いつも⁉」

「そうさ。いーっつも昼も過ぎた頃に起きだして、そうして夕方には飲み始めて朝まで飲んで、それでまた昼過ぎまで寝る。もうずっとそんな生活をしていなさるよ」

それはだいぶまずいのではないだろうか。花琳は眉間にしわを寄せた。

過ぎたお酒は身体によくない。これは、母が父によく言っていた言葉だ。そういえば桜綾も、朝起こしに行くと酒の甕がいくつも床に散乱している。

朝まで飲んでいるというのなら納得の量だが、そんな生活が身体に負担にならないわけがない。

(もう少し、減らすようにお願いしなきゃ……)

はあ、と小さくため息をつくと、花琳は「ここはもういいよ」という周夫人の声に送られて自分の部屋へ戻った。本当は、弟子になったからにはもう手伝いはいいと言われている。桜綾の身の回りのことだけしてくれればいいと。

周夫人は、それだけでも大変だろうと言ってくれる。けれど、これまで下働きとしてこき使われていた花琳は、何かしていないと落ち着かないのだ。

結果、桜綾が起きだしてくる昼過ぎまでは、周夫妻を手伝い、空いた時間は道術の本を読んで自習する、ということになっている。

この日も、花琳は午前中をそのようにして過ごすつもりだった。読み込みすぎてすっかりくたびれた道術に関する本をめくりながら、気付いたことを紙に書き出してゆく。午後の桜綾の講義では、まずここを質問して……とぶつぶつ呟いていると、戸の向こうから周夫人の声がした。

「花琳ちゃん、申し訳ないんだけどちょっと買い物に出てくるから」

「あ、はぁい」

出入りの商人はいるが、来るのは月に二度程度。普段はこうして買い物まで周夫人がしてくれる。その際には、夫の周も荷物持ちとして着いていく。

その間、来客があれば——まあ、ほとんどないのだけれど——対応するのが花琳の役目である。

了解の旨を告げると、じゃあよろしく頼んだよ、という言葉と共に周夫妻は出かけて行った。

それから一刻もたたないうちのことである。

「どなたか、いらっしゃるか」

門の辺りから大声で呼ばわる声がして、花琳ははっと顔をあげた。慌てて立ち上がった拍子に机の角に足を打ち付けてしまい、悶絶する。涙交じりの声で必死になって、花琳はその声に「はあい、ただいま!」と大きく答えた。そのまま時折足をさすりながら、外へ出る。

するとそこには、一人の青年が佇んでいた。

一見すると、年の頃は二十前後。花琳よりも頭一つ半ほどは大きく見える立派な体躯に、上質な袍を纏っている。漆黒の髪と目は紅国ではごく一般的なものだ。

だが、花琳の目を奪ったのはなんといっても青年の顔立ちだった。少し釣り気味に見える涼やかな目元、すっと通った鼻筋に、形の良い唇。ちょっとそこらではお目にかかれないような美男子である。一種近寄りがたさを感じて、花琳は一歩後退った。

すると、青年は訝しげな顔つきになり、戸惑ったように口を開いた。

「んん……その、ここは游道士の邸で相違ないか」

「え、あ、はっ……はい」

どうやら間違いでもなんでもなく、桜綾を訪ねてきた客に相違ないらしい。慌てて返事をした花琳は、心の中で首を傾げた。

（こんないい男……というか、こんなまともそうな人が、師匠になんのご用なのかしら……？）

なんといっても、桜綾は「変人道士」として名高い女性だ。それでも依頼に来る人間がいないではないが、それこそまともな道士ではとりあってもらえないような些細なものばかり。

とてもじゃないが、こんなまともそうな人物が依頼に来るようなところではない。

（ああ、前に聞いたことのある、婿入り希望の弟子入り志願者かしら……？）

それならば納得がいく、かもしれない。なにせ游家は名門だ。繋がりが持てればいいという輩はまだまだいるだろう。それに、外に出るときの彼女はまともな格好をしたなかなかの美女である。そうした噂に惑わされる輩も少なくない。

花琳は桜綾の年齢を知らないが、そういう輩には彼女の年齢などどうでもいいのだろう。

はあ、と小さくため息をつくと、花琳は仕方なく青年を中に通すことにした。彼がどういうつもりにせよ、桜綾への客人を断る権限は花琳にはない。

（ま、どうせすぐに逃げ出すに違いないわ）

彼を邸の応接室に案内すると、花琳は「ただいま呼んでまいります」と頭を下げて桜綾の部屋へと向かった。

「師匠、ちょっと……お客様ですよ！」

「んん……」

呆れたことに、桜綾はまだ牀榻の中でうとうととまどろんでいた。そろそろ昼も近い。起きてくるころだろうと思っていたのだけれど。

大きなため息とともに、慣れた手つきで桜綾の布団をはぐ。

「桜綾師匠、お客様です。男の方ですけど……どうします？」

「ん、そうか……来たか」

桜綾はその言葉を聞くと、むくりと起き上がって軽く頭を振った。それから、仁王立ちした花琳に向って「準備していくから、おまえが相手をしていておくれ」と言うとのそのそと立ち上がる。

花琳はびっくりして目を丸くした。

「わ、私がですか……？」

「ああ。それから、話を聞く時は同席するように」

それだけを言うと、桜綾は足元に転がった酒甕をぺしっと足で転がして、立ち上がる。

花琳は首を傾げながらも、師匠の言葉に従って部屋を後にした。

とりあえず茶の支度をしてから、青年を待たせた部屋へと戻る。声をかけて室内へと入ると、彼はひくひくと鼻をうごめかせていた。

桜綾の趣味で、邸の中には一風変わった香の香りで満たされている。慣れない匂いに戸惑っているのだろう彼の表情が面白くて、花琳はついくすりと笑ってしまった。

なんだか近寄りがたい空気の青年だと思っていたが、案外かわいいところもあるものだ。

「お客様、どうぞ」

「ん、ありがたくいただこう」

中央からここまでは、少しばかり距離がある。ここまでの道中で喉が渇いていたのか、青年はそれを一気に飲み干してしまった。

あら、と小さく呟くと、花琳は茶のお代わりを用意してやる。さすがに今度は一気に飲み干すようなことはなかったが、彼は再度茶碗を口元に運んで一口味わう。

ふう、と小さなため息とともに口角がわずかに上がったところを見ると、どうやらお気に召したらしい。

(見た目より表情豊かな方ね……)

最初よりもずっと親しみやすさを感じ、それと同時に少しばかりもやもやした気持ちにおそわれる。もしも桜綾がこの青年を気に入れば、彼は婿候補の一人になるのだろうか。

花琳は彼の対面に腰を降ろすと、じっと青年の姿を見つめた。

(師匠は、この方が来ることをあらかじめご存じだったみたいだし……もしかしたらもしかするのかも……)

もし、桜綾が結婚することになったら、花琳はどうなるのだろう。このまま弟子として傍に置いてもらえるのだろうか。

きっと胸がもやもやするのはそれが不安だからだ。じっと押し黙ったまま、花琳は桜綾が現れるのをいまかいまかと待ち続けた。

「待たせたね」

桜綾の声に振り返った花琳は絶句した。

来客だと告げたにも関わらず、彼女はいつもどおりのだらしない格好だ。辛うじて襦裙を身に着けているものの、着方は雑。髪も適当にまとめたと見えて、ところどころが飛び跳ねている。

こんなことなら、身支度を整えるところまで見届けるべきだった、と花琳は激しく後悔した。しかしそれも後の祭りというやつだ。

だが青年はそんな桜綾の姿にも驚きを見せず、軽く一礼すると着席を待って用件を切り出す。

「お時間をいただき感謝する。游道士にご依頼したき儀があって参上した」

「硬いねぇ……」

桜綾が呆れたように呟くが、花琳にしてみればこの場でもっとも呆れられるべきは桜綾の恰好である。隣に座った桜綾のひじをこつんとつついたが、彼女は素知らぬ顔だ。

だが青年はそれもまた気にすることなく話を進めていく。

「依頼したいのは、亡霊祓いだ」

「へえ」

青年の顔をじろじろと見ながら、桜綾が気の抜けた相槌を打つ。花琳は「もう」と小さく呟いて憤慨した。あまりの失礼な態度に、胃がきりきりと痛みを訴える。

しかしその一方で、なんだかほっとした気持ちにもなっていた。

（依頼人だったんだ……）

それはそれで驚きだったが、心配事の種が減って胸をなでおろす。心の余裕らしきものまで産まれて、花琳は向かい側の青年を改めてじっくりと見た。

目鼻立ちが整っているのは先程も感じた通り。さらに付け加えるのなら、青年は背筋がぴんと伸びた綺麗な姿勢をしている。

もしかすると、彼はどこかの貴族に、しかもかなりの高位貴族に仕える武人なのではないだろうか。着ているものの上等さも、堅苦しい態度も、それからこの姿勢も、それならば納得がいく。ふと異母兄の面影が脳裏を過って、花琳は小さく苦笑した。

文官だった俊豪は、ちょっと身体の線が細かったが、目の前の彼はもっとしっかりとした体格だ。

花琳がそんな風に彼を観察している間にも、二人の会話は続いていた。

「亡霊祓いとは言うが、詳しいことを話してもらわんことには、判断しかねるな」

「詳しいこと、か」

そこでいったん言葉を切ると、彼は「ふむ」と呟いて花琳のことをちらりと見た。じっと青年を見つめていた花琳は、その視線とばっちり目が合ってしまい慌ててしまう。

けれど、その瞬間――不意に彼の瞳がゆらりと別の、もっと薄い、茶色っぽい色に見えた気がして思わず目を瞬かせた。ごしごしと目を擦ってからもう一度視線を戻すが、その時にはもう彼の瞳は先程と同じ黒い色をしている。

（え、なに今の……？）

花琳がそんな風に戸惑っている間にも、桜綾は彼の視線の意味に気付き肩をすくめて言った。

「この娘は私の弟子だ。亡霊祓いにも同行してもらうつもりだよ」

「む、左様か。それは失礼をした」

軽くこちらに向けて頭を下げた青年は、改めて自分の名を哉藍《セイラン》と名乗った。さるお方にお仕えする武人で、今日はその主の意向で桜綾の元へ来たのだという。

それについては、事前に手紙で桜綾に告げてあったらしい。知らなかった花琳は、少し頰を膨らませた。

(まったく師匠ったら……来るとわかっていたんじゃないの……!)

それならそうと言っておいて欲しいし、準備もきちんとしておいて欲しい。だが、もとから桜綾がどれだけだらしない生活を送っているかを考えれば、今日がその日だと気づいていなかった可能性もある。

花琳は小さくため息をつきながら、話の続きを聞くべく居住まいをただした。

「亡霊祓いをお願いしたい場所は、後宮だ」

「こっ……後宮って、後宮ってあの!?」

思わず大声で叫んでしまって、慌てて口を押える。そんな花琳に、桜綾はくつくつと笑い声をあげた。だが、向かいに座った哉藍は重々しく頷いただけだ。

「いかにも。お二人は今、後宮で何が行われているかご存じか?」

「い、いえ……」

答えてしまってから、花琳は慌てて横の桜綾の反応を窺った。だが彼女は面白そうににやにやと笑うと「ああ、知っている」と頷いた。

「後宮では今、皇太子殿下の妃選びをやってるんだろう」

「その通りだ」

もう一度頷いた哉藍が、仔細について語り始めた。

「皇帝陛下が病床に臥されていることは、既に知っておられるだろう。現在は万が一に備え、皇太子殿下が即位するときに皇后となるべきお方を選定するための妃選びが行われているのだが……」

「皇太子殿下は、もう二十三におなりだろう。これまで後宮はなかったのか？」

桜綾が問うと、ああ、と哉藍は肯定の返事をした。なんでも、皇太子殿下はまだまだ後宮を持つ気はなかったのだという。

皇帝が病に臥してからもう二年。だが、その間にいろいろとあり、そもそも後宮に目を向けられるだけの余裕がなかったのだ。

しかし、即位するとなれば皇后が必要となる。少なくとも、ここ紅国では何代にもわたって皇帝の即位時には皇后もともに立つのが慣例となっていた。したがって渋々ながら、皇太子殿下は後宮に妃候補集めを始めるしかなかったのである。

そんなことを、哉藍は苦笑交じりに語ってくれた。

「しかし、おかげで少々知らぬ顔が後宮内に増えてもおかしくない。助かったともいえるが……」

そこで小さく吐息をこぼすと、彼は机の上の茶碗に手を伸ばした。口を付けて唇を湿らせると、再び話に戻る。

「そもそも、後宮で亡霊を見たと言い出したのは、そうして集められた妃候補の一人なのだ。名を張笙鈴《チャンシェンリン》という……八つになる女児だ」

「や、八つぅ……⁉　十八の間違いじゃなくて⁉」

またしても大声をあげた花琳に向って、哉藍は肩をすくめて頷いた。

そういえば、張、という姓には聞き覚えがある。現在の右僕射だったたか、とにかく臣下の中で一番くらいにお偉い方の名前がそうだったはずだ、と花琳は記憶の底からその名前を引っ張り出した。確か、娘は今の皇帝の妃のはずだ。それくらいは世情に疎い花琳にも知識があった。

となると、今度は次世代の皇帝の外戚となるべく、親族からねじ込んだのだろう。

（呆れたものね……）

先程桜綾は、皇太子殿下は二十三歳だと言っていた。相当な年の差になるだろう。ええと、と頭の中で計算し、答えをはじき出した花琳は「うえぇ」と小さな呻き声を上げた。

（十五も離れてるの……！）

いくらなんでも十五歳差となると、選ぶ方にとっても選ばれる方にとっても、あまりにもひどい話である。

皇太子殿下が幼女趣味でもない限り、万が一圧力をかけられて選ばれたとしても、お互い不幸になる結末しか見えない。皇帝の妃ともなれば愛情のあるなしは関係ないのだろうが——それではあまりに筀鈴という少女がかわいそうに思えた。

「……その筀鈴……様が亡霊を見たと最初に言い出したのが、おおよそひと月ほど前だ。初めは、突然後宮に連れてこられ不安なのだろう、そのせいで何かの影をそう思い込んだのだろう——と、誰も取り合わなかった」

「そんな、ひどい……」

八歳なんて、まだまだ父や母に甘えたい年頃だ。高位貴族の子女ともなれば、後宮に上がることは栄誉であると言い聞かせられてはいるだろうが、同じ邸内に両親がいるのといないのとでは、全く気持ちが違うだろう。

花琳だって八歳の頃を思い返してみても、両親と優しい異母兄に囲まれて楽しく過ごしていた記憶しかない。だがそのすぐ後に両親を亡くして心細かったことも、併せて思い出してしまい、一瞬胸がちくりと痛む。

それを振り払い、花琳は少女の心中を思って胸の前でぎゅっと手を組み合わせ、眉根を寄せて小さなため息をもらした。

「だが、ここに来たくらいだ……ことはそれじゃあ収まらなかったんだろう？」

「うむ」

黙って聞いていた桜綾がそう口をはさむと、哉藍も眉根を寄せそれに頷く。

「笙鈴様についてきた侍女たちも、揃って同じようなことを言い始めたのだ。それで、放置できなくなった。主はこれが噂になる前になんとかしたい、との仰せでな」

「それなら、朝廷にはお抱えの道士がいるだろう」

「……あやつらには頼めぬ事情がある」

最後の言葉には、どこか怒りめいた——いや、むしろ憎しみめいた感情が込められているように聞こえて、花琳ははっと顔をあげて彼の顔を見た。その瞳には、なにか激情を堪えるかのような色が浮かんでいて、心臓がどきりと跳ねる。

きっと、何か触れてはならない心の奥底にその事情が秘められているのだろう。そんな風に、花琳には思えた。

「そうか」

だが、そんな事情を忖度したのかどうなのか、桜綾は短くそう答えただけにとどまった。

そのまま、部屋の中にはしばらく沈黙が落ちる。

「……それで、引き受けるとして——後宮へはどういった形で入るのだ」

「引き受けていただけるのか」

沈黙を破るように、桜綾が口を開いた。その言葉を聞いて、哉藍がぱっと表情を明るくする。すると、桜綾はそんな彼に向って小さく肩をすくめて見せた。

その表情は、どこか困った身内を見ているかのような、仕方がないなあとでも言いだしそうな様子に見える。まるで花琳が異母兄にわがままを言ったとき、彼が浮かべていたのと同じような、そんな空気を桜綾の表情に見て、きゅうと胸が疼いた。

（そうだ……異母兄《にい》さま！　もしかしたら、皇太子殿下のお近くにいけるのなら……俊豪異母兄《にい》さまのことを、なにか聞けるかも……？）

脳裏にひらめいたそんな考えに、花琳の目が輝いた。

花琳のような小娘が、朝廷に近づけるはずもない。これまで異母兄のことを案じながらも手がかり一つ探すことはできなかったが、もしかしたらなにかしら事情を知っている人物に出会うことができるかもしれない。

にわかに光明が見えて、花琳は密かに胸を高鳴らせる。皇太子殿下に直接お会いすることは叶わなくとも、きっと後宮には当時のことを知っている人間がいるはずだ。話を聞くことも、なにかしらの情報を得ることも可能かもしれない。

どうか引き受けると言って欲しい、という心のうちの願いが届いたのか、桜綾はその表情のままため息交じりに哉藍の問いに答える。

「ここまで話を聞いて、断る選択肢もあるまいよ。おぬしの主――にはまあ、縁もある。困ったときには助けてやるのが私の務めだからな」

「――ご厚情に感謝する」

深々と頭を下げた哉藍は、ほうっと大きく安堵の息をもらした。しかし、次に顔をあげた時には、どこか悪戯めいた表情を浮かべている。

んん、と首をひねった瞬間、彼は花琳の顔を見つめたままとんでもないことを言い出した。

「後宮へは、皇太子の妃候補として入ってもらおうと思っている」

驚きで声も出ないとはこのことだ。目を見開きぱくぱくと口を動かすだけの花琳を見て、桜綾がけたけたと笑い出す。哉藍も、声こそ出さないが口の端があがって、面白そうな顔つきで花琳を見ていた。

二人の視線を受けて、花琳の背中にじっとりと嫌な汗が浮かぶ。

（え、なんでこっち見てるの？　い、いやいや……師匠がだよね……？　師匠がやるんだよね、それ⁉）

二人の視線の意味など考えたくもない。これは桜綾への依頼なのだから、もともと花琳は頭数に入っていないはずだ。つまり、桜綾を妃候補として紛れ込ませる――という計画のはず。

だが、桜綾の反応からして——とても面白がっている反応からして、なんだか嫌な予感がする。それに追随する哉藍の視線も、その予感を後押しする。じっとりと嫌な汗が花琳の背中を滑り落ちた。

「そうだな、それが一番確実ではないか？」

「游道士もそう思われるか。ならば良かった」

「して、いつ頃準備は整う」

「すぐにでも……と言いたいところだが、そうだな……七日ほど準備に時間をいただきたい。相応のものを揃えねば……」

花琳がそうして嫌な予感に身を震わせている間にも、二人の間ではとんとん拍子に話がまとめられていく。その楽しそうな様子に、ぶるりと背筋に悪寒が走った。

冷や汗をかきながら、恐る恐る二人の会話に口をはさむ。

「あの、それ……師匠が、桜綾師匠が妃候補になって、後宮へ行くって話ですよね……？」

おずおずと発した花琳の問いに、二人はきょとんとした顔を見合わせる。それから、なんだかにんまりと、としか表現できない笑みを揃って浮かべると、同時に首を振った。

（あああああやっぱりいいいいい⁉）

がたん、と音を立てて花琳は素早く立ち上がった。そして、踵《きびす》を返してその場から逃げ出そうと試みる。だがそんな花琳の襦裙の裾を、桜綾がはっしと掴んだ。ひえっと情けない悲鳴をあげて、花琳は勢いのままその場にすてんと転んでしまう。幸いにして、机にも牀《しょう》にも頭をぶつけずに済んだが、床で打った膝が痛い。半泣きで桜綾を睨みつけるが、彼女はにたりと笑ったまま、花琳の鼻先に指を突き付けた。

「ここにちょうどいい年頃の娘がいるんだ、使わずになんとする」

「うむ。游道士ではすこしばかり……あ、いや……」

正直が過ぎる哉藍の言葉は、途中で桜綾に睨みつけられ尻すぼみになる。けれど、花琳はもうそんなことに構っている余裕などなかった。

「む、無理ですよお……！　せいぜい宮女がいいところじゃないですか！　新しく皇太子殿下の後宮を開くというのなら、宮女の募集だってあるでしょう……⁉」

「しかし宮女などになってしまえば、働かねばならないではないか」

「働きます、働きますよ……！」

「亡霊退治が最優先なのだぞ」

「そうだぞ、花琳」

二人とも、至極当然と言った調子で頷き合っている。今日が初対面のはずなのに、やけに息がぴったりで、花琳はそんな二人の姿に泣きたくなってきた。

（そりゃあ……後宮に行けば皇太子殿下のお近くにいける機会もあるかも……とは思ったりしたけど、いくらなんでも無茶でしょう……！）

しかし、そんな花琳の心の叫びなど聞こえるわけもない。二人はかわるがわる花琳を説得にかかってきた。

「諦めろ、花琳。私の弟子ならこれくらいはこなせる」

「そんなばかな！　絶対関係ない……っ」

「無論、私もできうる限り助けになろう」

「そんなの当然ですよぉ！」

「なに、怖がらずとも、もちろん私もともに行くのだから」

「当たり前ですううううう！」

もうめちゃくちゃだ。そんなのうまくいくはずがない。だんだん自分が何を言っているのかもわからなくなるほど混乱して泣きが入ってくる。しかし、花琳は知っていた。桜綾は、こうと決めたらその通りにやる人間だ。そして、一度引き受けると言った依頼は、必ず完遂する。

つまり――花琳が後宮に妃候補として入ることは、泣いてもわめいてももはや確定事項と言ってよかった。

こうして桜綾の了承を取り付けた哉藍は、満足げに頷くと、七日後に迎えに来ることを告げてその場を辞したのだった。

約束通り、哉藍は七日後に二人を迎えに来た。その七日間ですでに抗議することを諦めきった花琳は、それでも最後の抵抗とばかりに唇を尖らせ、不機嫌な表情で桜綾と共に馬車に揺られている。

そんな花琳の様子に、桜綾は小さく肩をすくめただけで何も言うことはなかった。

揺られ揺られて、どれくらいの時間が過ぎたものか。馬車はようやく目的地に到着し、停車する。やっと揺れのひどい馬車から解放された花琳は、今度は目の前の邸を見あげて目を瞬かせると、思わずつぶやいた。

「うわ、すっごおい……」

游家の別邸の何倍もあろうかという壮麗な邸だ。花琳とて貴族の子女であった身だが、下級貴族である黎家の邸はこれほど大きいものではなかった。游家の別邸よりちょっと大きいかな、といった程度の規模である。

口をあんぐりとあけて邸の入口を見あげていると、隣から抑えきれない忍び笑いが漏れ聞こえてきた。

「……なんですか」

「いや……なかなか、かわいいところがある」

笑い声の主、哉藍はそう言うと、花琳の頭をぽんと叩いた。馬鹿にされたような気がしてむっとした花琳が唇を尖らせると、またその様子を見てくつくつと笑う。

鼻の頭にしわを寄せて何か言い返してやろうと口を開きかけた時、その邸内から慌てた様子の老人が一人飛び出してきた。

「旦那様、お早いお戻りで」

「うむ」

拱手《きょうしゅ》した老人が、哉藍にそう声をかけてきた。鷹揚に答えた彼の横顔を見あげて、花琳は再び目を瞬かせる。

(旦那……様……?)

旦那様、と呼ばれるのは、邸の主だけである。つまり、ということは、だ。

思わず手を伸ばし、哉藍の袍の裾をちょいと引っ張ると、花琳は震える唇で振り向いた彼に向って問いかけた。

「ね、ねえ……旦那様って……あの、ここ……?」

「私の私邸だが」

「う、うっそお……」

再び邸に目を戻して、花琳は自分の目をごしごしと擦った。しかし、そうやって何度見直していても、目の前には広大な邸が建っている。なんなら、一度だけ連れていかれたことのある游家の本邸よりも大きいかもしれない。

(何者なの……？)

てっきり、どこかの貴族に仕える武官だろうと思っていたのに、とんでもない。こんな邸の主人だというのなら、彼こそ、そのお貴族様だ。

ひえっと息を飲んだ花琳を尻日に、哉藍は出てきた老人となにやら会話を交わしている。

「もう準備は？」

「滞りなく済ませてございます」

言いながら、二人はどんどんと邸内に向って歩いて行ってしまう。ちらりとこちらを見た哉藍の視線は「ついてこい」と言っているような気がしたが、思わず腰が引けてしまう。どうしよう、と二の足を踏んだ花琳だったが、背後から呑気な声がして振り返った。

「おうい、花琳……この荷物を運んでおくれ」

「あっ、し、ししょお……」

馬車の中に頭を突っ込んだ桜綾が、片手だけ出して手招きしながら言うのに駆け寄って、花琳は邸を指さした。

「ちょ、ちょっとあれ、あれ、すごいお邸ですよ……！　し、しかも哉藍さん……い、いえ、哉藍様がここの主なんですって……」

「ん？　ああ……うんうん、そうだろうね。考えてもみろ、花琳。後宮に妃候補をいれるなんて話を持ってくるような男が、ただの使い走りのはずがないだろう？」

ことなげにそう言った桜綾は、ぽい、と花琳に向って荷物を投げ渡してきた。その中身はもちろん自分が用意したものなので、よく理解している。道術のためのさまざまな道具が収められた鞄だ。

ひえっ、と何度目になるかわからない悲鳴をあげた花琳は、慌ててそれを受け止めてぎゅうっと抱きしめる。落としたりしたら一大事だ。ほっと息を吐いたころには、桜綾は哉藍たちが向かった方角へゆったりと歩き出している。

その悠々とした歩みからは、気後れなど一切感じ取れない。

（……腐っても游家のお嬢様だもんなあ、師匠も……）

はあ、と小さくため息をつくと、花琳は姿の見えなくなりそうな桜綾を追いかけ、邸の中へと入っていった。

こうして足を踏み入れた邸の内部は、外見に負けず劣らず華美である。そこかしこに美麗な壺やら青磁器やらが飾られた廊下を気を付けて歩きながら、花琳は内心で深くため息をついた。だが、それと同時になんだか微妙な違和感を覚えもする。

哉藍と会ったのは、これで二度目と少ないが――どうも、彼がこういった華美なものを好むようには思えなかったからだ。

（まあ……似合いはするけどさ……）

比較対象が兄しかいないせいで立派な体躯だと感じたが、彼は特に筋骨隆々といったタイプではない。しいて言うならば、しなやかな体躯の持ち主というのがしっくりくる。顔立ちだって、むさくるしい出入りの商人とは違って涼やかさがある。

なるほど、きっとこういった風景を背景にしたら映えるだろう。今は背中しか見えない彼の顔を思い浮かべながら、一人心の中で頷く。

ただ、そのピンと伸びた背筋であるとか、物言いだとか――そういったところから垣間見えた彼の人柄からは、華美なものを好まない気性であるように思えたのだ。

「入ってくれ」

「お、おじゃまします……」

今更のような挨拶を発しながら、花琳は桜綾に続いて哉藍の示した部屋の中に足を踏み入れる。そこでまたしても、花琳は目を丸くすることになった。

「え、えっ……なんですかこれ……」

「ほお……これは、悪くない品だ」

目の前には、たくさんのきらびやかな衣装が並べられ、それに併せて簪やらなにやらの装飾品などなど、一目で高級そうな品々が並んでいる。

思わず半歩後退った花琳とは違い、桜綾はさっさとそれに近づいていくと、無造作にその中から一枚を取り上げ、しげしげと眺めて肩をすくめた。

それから「ほれ」と花琳に向かってそれを放り投げてくる。床に落ちては大変とばかりに、花琳は慌ててそれを受け止めた。

毎回「物を投げ渡すのはやめてください」と言っているはずなのに、一向に治らないその行動にため息が出そうになる。

「師匠……」

「お、こっちもなかなか、おまえに似合いそうだぞ、花琳。お、これも……」

「ちょっと師匠……え、私？ 私にって……」

なぜそんなことを言われるのかわからなくて、花琳は首を傾げた。だが、それを問いかける言葉の途中で、やはり桜綾と同じようにその衣装の山に近づいた哉藍が一枚を引っ張り出す。

薄桃の色をした被帛《ひはく》を手にした哉藍は、それを持ったまま花琳に近づくとふわりとそれを肩から掛けた。

「んん……!?」

「ふむ」

そうしてじろじろと花琳を検分するかのように眺めた哉藍は、何かに納得したかのように「うん」と一言呟くと、まだ衣装の山をあさっている桜綾を振り返った。

「なかなか様《さま》になると思わんか」

「うちの花琳はモトがいいからね……おや、その色よく似合うじゃないか」

「私の見立て、悪くないだろう」

ふふん、と哉藍が鼻を鳴らす。対抗意識を燃やしたのか、桜綾がさらに衣装の山に向かうと、ああでもないこうでもないと呟き始めた。

目を白黒させる花琳を尻目に、二人はやいやい言いながら、今度はこれ、いやいやこちら……と手にした衣装を宛《あて》がってくる。

「あ、あのこれ……？」

「ん……仮にも妃候補になって後宮へ上がるのだから、それ相応の準備がいるだろう」

「え、ちょっと待って……こ、これ、まさか」

「お、花琳この簪を見ろ……これはなかなかの品だぞ」

大きな翡翠のはめ込まれた簪を手に、桜綾が振り返る。けれど花琳はその価格を考えて——そしてそれらが準備されている意味を理解して、ふっと意識が遠くなるのを感じた。

放心した花琳は、案内された部屋の窓から夜の空を見上げていた。今夜は随分と大きな月が空にかかっている。

今日はこのままこの哉藍の邸に逗留し、翌朝後宮入りする手はずになっているのだそうだ。味の分からない夕食の席でそんな風に言われた気がするが、半ば呆然自失のていであった花琳はただ頷いただけだった。

今更どうこう言ったところで覆るわけではないが、と夜空の月をみあげたまま、花琳は大きなため息をついた。

（あんな衣装を準備してもらったところで……）

この七日間で、礼儀作法や言葉遣いにいたるまで、一応本を読んで学んではみた。桜綾は「適当で大丈夫」と言ったが不安だったからだ。しかしそれも、いざ実地となると自信がない。

そりゃ花琳だって元は貴族の令嬢だったから、それなりの素地はあるけれど、すっかり無縁に過ごした二年間はやはり大きい。

哉藍が強力な後ろ盾を用意してくれたらしいが、却って迷惑をかけてしまいそうな気がする。そもそも、花琳と桜綾が後宮入りするのは亡霊祓いのためであって、妃候補としてはすみっこで目立たぬようにしていればいいはずなのだけれど、とまたため息が出てきた。

（恥ずかしくない程度に、という度を超えているんだけど……）

小さく吐息をもらして、花琳はもう一度月を見あげた。どうにもこうにもおかしなことだらけだ。

もう夜も更けてきたけれど、一向に眠れる気がしない。準備された部屋はすっきりと品よくまとめられた、居心地のいい部屋のはずだ。けれど、花琳は何となく息苦しさを感じてしまう。

少しだけ息抜きがしたくなって、花琳はこっそりと戸をあけると周囲を確認し、部屋の外へと滑り出た。

なるべく足音を殺し、廊下から中庭へと足を踏み入れる。灯篭がいくつも連なった細い道の両脇には、低木が植えられ、小川や小さな池が造られている。その池のほとりに小さな四阿《あずまや》が建てられているのが見えて、花琳の足はふらふらと引き寄せられるようにそこへ向かった。

すとんと腰を降ろして、見るともなしに池の水面を見つめる。夜の少し冷たい風が頬を撫でていき、その気持ちよさに目を細める。

ぼんやりとした明かりを放つ灯篭の光が水面をきらめかせ、風で起きたさざ波にかき消されるのを、花琳はそうしてしばらくの間眺めていた。

「……どうした」

「……っ、び、びっくりした……」

突然背後から声をかけられて、花琳は飛び上がって振り向いた。薄明りにぼんやりと浮かび上がった人影が哉藍だと気が付いて、ほっと胸をなでおろす。それから、驚かされたことへの抗議を込め、唇を尖らせて彼を軽く睨みつけた。すると哉藍はそれに小さく笑ってから「そこ、座ってよいか」と問いかけてきた。

いいも悪いも、この邸の主は哉藍である。自分は客――というのもなんだかおこがましい身であるので、花琳はむくれた顔をしながらも「どうぞ」と少し脇にずれた。

腰を降ろした哉藍が、そよそよと吹く風に気持ちよさそうに目を細める。解いた黒髪がさらりと流れて、その様子に一瞬どきりと心臓が音を立てた。

こんな風に、若い男性の髪を解いた姿なんて、花琳は異母兄以外には見たことがない。それこそ、こんなに接近したことだって、当然異母兄以外にはない。今更ながらにそんなことに気が付いて、どっくどっくと心臓が早鐘を打ち始める。

(うわあ……なんか……)

なんだか照れくさくなったのと、それから黙り込んだままの彼にいささか気まずさを感じて、花琳はその姿から視線を逸らした。そうして、哉藍と同じように再び池の水面を見つめる。

するとそこには、ちょうど頂点にかかった月の姿がぼんやりと映し出されていた。

ゆらゆらと揺れる水面に合わせ、その姿も揺れている。なんだか妙に惹きつけられて見入っていると、哉藍がそのままぽつりと呟いた。

「……眠れないのだろう」

哉藍の声は、聴いていて心地が良い。低すぎず、高すぎず――心にするっと入り込んでくるような、不思議な声色をしている。

顔のいい男は、声までいいらしい。そんな馬鹿みたいなことを考えて、花琳はくすりと笑った。

「眠れないというか……落ち着かなくて」

「すまぬな」

哉藍の口からでた思わぬ言葉に、花琳は小さく「え」と呟いた。思わず顔を向けると、彼はしっかりとこちらを見つめていた。まだ水面を見つめているのだろう、と思っていた花琳は驚いて目を瞬かせた。

そんな花琳に向って、彼は困ったような笑みを浮かべたまま、話を続けた。

「きみには、無茶な頼みごとをしたという自覚は、これでもあるんだ」

「本当に？」

ああ、と哉藍は頷いた。その瞳が何か迷うように一瞬揺れて、一度見えなくなる。瞳を覆った瞼に軽く触れた彼は、ふっと小さな吐息をもらすと、もう一度ゆっくりと目を開いて、花琳の瞳をじっと覗き込んだ。

一瞬、自分の瞳の色に気付かれるのではないかと、花琳は身を固くした。耳に、以前嶺依に言われた「気持ち悪い」という言葉が蘇って、思わず目を逸らしたくなる。

けれど、今は夜。辺りには灯篭の灯りしかなく、他に光源となるのは月くらいのもの。それも、屋根に覆われたここでは影を作り出すことしかないだろう。

そう判断すると、花琳はしっかりと彼の目に視線を合わせ、少しだけ微笑んでみせた。

「大丈夫です。師匠が依頼を受けたからには、弟子としてしっかりお手伝いするのが役目ですから」

「そうか……。その、怖くはないか？」

「そりゃ、もちろん……怖いというか、不安です」

するりと、本音が口から滑り出た。すると、わずかに哉藍が苦笑して、そうか、ともう一度同じ言葉を繰り返す。

それから、居住まいをただした彼は、花琳に向かってこう口にした。

「花琳殿のことは、私が責任を持ってお守りする」

妙に真剣な口調――そして真剣な色をした瞳で花琳を見つめ発した言葉に、思わず胸がどきりとする。

何も言えず、ただじっと見つめ返すことしかできない花琳の頬に、彼の指先がわずかに触れた。それはただ、花琳を心配している、という彼の気持ちが込められているのが痛いほどに伝わってくる、そんな優しい触れ方だ。

なんだか肩の力が少しだけ抜けたような気がして、花琳は小さく笑った。

「頼りにしてますよ」

「任せておけ」

さあ、もう冷えるから部屋に戻って、休みなさい——そう言うと、哉藍は部屋の前まで花琳を送り届けてくれた。それに礼を言って、背を向けて遠ざかる彼の姿をじっと見つめる。しばらくそうしてから室内に入った花琳は、整えられた牀榻の上に寝転がって、自分の頬をそっと撫でた。

（哉藍様の指、ちょっと硬かったな……）

そっと目を閉じると、瞼の裏に彼の顔が浮かんで、花琳は小さく息を吐いた。

（異母兄《にい》さまとは、全然違ったな……）

うとうととまどろみの縁で、そんなことを考える。そうしているうちに、だんだんと花琳は瞼が重くなって、ゆっくりと眠りに落ちていく。

翌朝の目覚めは、思ったよりもすっきりとしていた。

「よし……！」

ぱん、と両手で挟むようにして頬を叩く。

気合を入れた花琳は、哉藍の邸の使用人たちにあちこち着飾らされ、侍女の姿に扮した桜綾と共に、後宮の門をくぐった。

第二章　仮初の後宮

後宮の東に位置する皇太子のための宮、いわゆる東宮は、この紅国では瑠璃宮《るりきゅう》と呼ばれている。現在の主は紅劉帆皇太子殿下。皇帝陛下が病に臥している今、実際に国を動かしているのはこの皇太子殿下といって差し支えない。

その瑠璃宮には、かってない活気があふれていた。年頃の娘を持つ貴族たちがこぞって皇太子の妃選びに名乗りを上げ、娘を送り込んできているからだ。

彼女らはおのおの部屋を与えられ、今は来るべき選定に備え自分磨きに余念がない。

そして、当然ながらその瑠璃宮の一角に、花琳たちが与えられた部屋もあった。

さすが皇太子のための宮である瑠璃宮というべきか、それとも哉藍が用意してくれた後ろ盾である李《リー》家の威光か。与えられたのはなかなかに広く、日当たりも良い上等な部屋だ。用意してもらった家具を運び込み、きちんと整えられた室内は、ちょっとした姫君の部屋と言って差支えがない。

名門游家のお嬢様である桜綾ですら、なかなかのものだと言ったほどである。

ただ――その部屋の仮の主である花琳は、今日も情けない声をあげていた。

「ちょっと……ししょ……よ、桜綾！　また昼間から……！」

「いいじゃないですか、花琳様」

花琳の言葉に、にんまりと笑うと、桜綾はからかうようにそう返事をした。そんな彼女を軽く睨みつけながら、花琳は小さく嘆息する。

瑠璃宮に入って、既に十日ほどが経過した。どうにかこうにか、桜綾を侍女として扱うのにも慣れてはきたが、やはり受け答えにむず痒さを感じてしまう。

そんな花琳のことなどどこ吹く風といった様子の桜綾は、どこからかすめ取ってきたものやら、いつの間にか部屋に酒の甕を置き、昼間から杯を傾けている。見つかったら大変とばかりに、花琳は止めようとするが、その目をかいくぐることなどお手の物なわけで。

こうして、花琳は毎日のように桜綾にお小言を言う羽目になっているのだった。

「もう……師匠、目的を忘れてないですか？」

はあ、と大きなため息をつきながら、花琳はそんな桜綾をじっとりと見つめた。すると彼女は、にんまりと笑うと杯を掲げ、首を振って見せる。

「どうせ私が必要なのは夜なんだ、昼間は英気を養ったっていいだろう」

「その夜だって……」

今のところ、何もしていないではないか。

花琳がそう非難の言葉をあげようとしたとき、外の廊下から足音が聞こえてきた。

思わずはっとした花琳が桜綾から杯を奪おうとするが、それをひょいと避けられてしまう。

「ちょ、ししょ……！」

「……まったく、游桜綾、おぬし……」

戸の開く音がして泡を喰った花琳が振り返るのと、入口から呆れたような声が降ってくるのは同時だった。その声を聞いて、ほっと花琳の方から力が抜ける。

そこに立っていたのは、宦官の装束に身を包んだ哉藍だった。

「な、なんだ……哉藍様か……」

「なんだ、ではない」

額に手を当てた哉藍が、わずかに首を振って桜綾を見やる。だが、そんな彼の冷たい視線にもめげず、桜綾は手にした杯を掲げ「どうだ、一献」などとのんきな声をあげた。

この十日間で、大した馴染みぶりだ。

ずかずかと室内に足を踏み入れた哉藍は、そんな彼女を見てため息をつくと腰を下ろす。それから、空いていた杯を手にすると「ん」と前に突き出した。

「せっ……哉藍様まで……！」

「ほれみろ、花琳、注いでおやり」

このやり取りも、もう何度目か。たった十日間で、こちらもすっかり慣れてしまったようだ。

もう、と悲鳴にも似た呆れ声をあげた花琳は、それでも仕方なく甕から杯に酒を注いでやる。すると哉藍は、それを一息に飲み干した。

「いい飲みっぷりだ」

「……まったく、毎度毎度、この酒はどこから……まあ、それはいい」

桜綾が、笑い交じりにそう言うと、哉藍はぶつぶつと呟きながら、こん、と小さな音を立てて盃を置いた。それから、改まって二人の顔を交互に見る。

「さて、一週間たったが……どうだ、ここでの生活には慣れたか？」

「え、ええ……まあ……」

「ここはいいところだな、いい酒も置いてあるし……」

「ちょっと、師匠。そういうことはいいんですよ」

半眼になった花琳がじとりと睨むが、やはり桜綾は気にする様子も見せない。勝手に自分で酒を注ぐと、ぐいっと杯を傾ける。

はああ、と頭をかきむしりそうになった花琳は、それがいつもとは違って綺麗に結われていることを思い出して手を止めた。意外な器用さでこれをやってくれたのは桜綾で、その当人も游家の別邸にいた時とは異なり、きちんとした身なりをしている。

それどころか、朝だってきちんと起きてくるし、夜通し飲んでいるなどということもない。それが可能なのならば、これまでもそうして欲しかった。

（まあ……私が臥せっている間はずっとそうしてくださっていたんだから……できないということはなかったのよね……）

肩をすくめて、花琳は哉藍に向き直った。

「今のところ、特に不都合はありませんが……いいんですか？　こんなに何もすることがないとは思っていませんでしたけど」

そう、花琳はここに来てからというもの、ほとんど部屋から出ることなく過ごしている。むろん、この十日間ほとんど毎日顔を見せている哉藍はそれを知っているはずだ。

妃選びというくらいだから、何か特別なことをするのかと思っていたのだが、そうでもないようで。

花琳はことのほかのんびりと日々を過ごしてしまっていたし、ほかの妃候補たちもそれぞれ思い思いにここでの生活を楽しんでいるようだった。

時折、誰かが奏でる箏の音が聞こえてきたり、顔見知りの姫君たちが集まってお茶会めいたことをしたり。

まあ、自分たちの目的からすれば、呑気にそんなことに興じている場合ではない。本格的な選定が始まる前に亡霊を祓って、妃候補を辞退して帰ればよい、はずだ。

そこまで考えてから、花琳は桜綾の顔をちらりと見る。

亡霊祓いには、桜綾の力が必要だ。だというのに、この師匠は……昼は飲んだくれ、夜はさっさと寝てしまっていて、まったくやる気がないようにしか見えない。

だが、そんな花琳の思いには気づかなかったのか、哉藍は小さな笑い声をもらすと「そうだな」と呟いた。

「実際、妃選びというものは、もう始まっているに等しい。普段の様子を見るのもその一環だ。とはいえ、皇太子殿下にいまいちやる気がないのも確かでな」

「やる気がない……」

「なんだ、まだ若いくせに……」

はて、と首を傾げた花琳を尻目に、桜綾がくすくすと笑う。そんな彼女をきろりと睨みつけ、哉藍は大きなため息をもらした。

「……何を考えたか知らんが、候補の段階で手が付くことは早々ないぞ」

「わかってるんじゃないか」

こらえきれないとばかりに噴き出した桜綾が笑い転げるのを見て、哉藍の眉間のしわがますます深くなる。なんとなく剣呑な雰囲気を感じ取った花琳は、慌てて話を変えることにした。

「あの、お伺いしたいのですけど……」

「なんだ、花琳」

彼の口から出た自分の名前に、花琳はすこしだけくすぐったい気持ちになった。この呼び方も、この十日間での変化だ。最初は「妃候補として入るのだから」と様付けされていたのだが、それでは花琳が落ち着かない。こちらから頼んで、呼び捨てにしてもらうことにした。

最初は難色を示した哉藍だったが、花琳があまりに居心地悪そうにしているのに気付いてからは、こちらの要望通りにしてくれている。ただ、それはあくまで人前以外では、の話だ。

その花琳の声にいくらか表情を和らげて、哉藍がこちらに視線を向けた。先日も思ったが、彼は人をまっすぐに正面から見てくる。

慣れていないせいか、妙にどぎまぎする心臓をなだめながら、花琳は口を開いた。

「この瑠璃宮の中は、出歩いても大丈夫ですよね？　入ってはいけないところとかあります？」

「うん……？　そうだな」

ふむ、と哉藍は少し考え込むそぶりを見せた。その間に、まだ笑っている桜綾のひじをつついて黙らせる。すると彼女は、ひとつ肩をすくめると笑いを収めまた杯を傾けた。

「瑠璃宮の中ならば大丈夫だろう。門の外には出ぬように。まあ、衛士がいるから阻まれるだろうがな……。入ってはならないという場所も特にはない。ああ、他の候補の部屋はいかんぞ、それと……」

「それくらいの分別はありますぅ」

まだ何か言いたげだった哉藍の言葉を遮ると、花琳はもう、と唇を尖らせた。それを見た哉藍が「ははっ」と明るい笑い声をもらす。笑顔でそれに応えながら、花琳はひとつ決意を固めていた。


翌日の昼過ぎ、花琳は相変わらず酒を飲んでいる桜綾にむかって「ちょっと散歩してきます」と声をかけ、外へ出た。ここへ来てから、必要に迫られたとき以外では部屋の外へでていなかったせいか、思ったよりも日差しを強く感じる。見上げた太陽の光に目を細め、それからゆっくりと辺りを見回すと、花琳はしばし考えこんだ。

（えっと……あちらが皇太子殿下の居室のある方、そしたら、こっちの方が笙鈴様たちの……）

さすがに見取り図こそもらえなかったが、口頭でだいたいの場所は説明を受けている。記憶を頼りに、花琳は一人でふらふらと目的の方角へ向かって歩き出した。

初夏を迎えた紅国の昼は暑い。宮女たちも妃候補の姫君たちも、暑さを避けて室内にいる。従って、廊下にも庭にも人の姿は少なく、花琳はほっと小さな吐息をもらした。

わざわざこうして人のいない時間を選んで出てきたのには理由がある。この瑠璃宮の内部を見て回り、地理を頭に叩き込むためだ。

あちこち歩く予定なので、見とがめられたくはない。とりあえず、昼間であれば「気晴らしの散歩」という言い訳はできるだろう。まあ、こんな時間帯に散歩をしている妃候補なんて奇異の目で見られるかもしれないが、どうせ一時のことだ。

桜綾にやる気がないのならば、花琳がやるしかない。まずは亡霊の姿を見ないことには始まらないのだから、現れそうな場所を探すのだ。目星をつけた場所に、夜桜綾を引っ張っていけばよい。

それに、花琳にはもう一つ目的があった。

できれば、今のうちに古株の宮女たちがいる場所を探して、二年前のことを聞いてみたい。

（しっかし……広いわね……）

瑠璃宮だけでもこの広さかと思うと、目が回りそうだ。ぐるりと塀に囲まれているはずだが、だいぶ歩いたというのにその塀すら見えてこない。周囲には竹林が造られていたり、小川や池、驚くことに桃園まで存在している。

さすが皇太子の宮、瑠璃宮。そこら辺の貴族の邸とはわけが違う。

「うわあ、すっごい……」

思わず目的を忘れ、花琳はその様子に感嘆してふらふらと桃の木の間へ歩を進めた。しばらく歩くうちに、青い葉の茂った中に、少し色づいたぷっくりとした実がゆらゆらと揺れているのが見える。辺りに漂っている、ほんのりと甘い香りが芳しく、胸いっぱいにその匂いを吸い込んだ。

食べごろになるまではもう少しだろう。甘い桃の味が舌に蘇って、花琳は思わずごくりとつばを飲み込む。

誘われるように、果実の一つに手が伸びた。もちろん食べごろでないことは判っているが、香りを楽しむくらいはできるだろう。もう少しで手が届く、といったところで背後から突然声をかけられた。

「それは、まだまだ食べられないぞ」

「ひっ⁉」

思わず身体を跳ねさせて、花琳はばっと音がしそうな勢いで後ろを振り返った。するとそこには、年の頃は十ほどと見えるかわいらしい少女がこちらの顔を見あげて立っている。幼いながらに上等なものとわかる襦裙を身にまとい、綺麗に結われた髪には煌めく簪が挿してあって、身分ある貴族の子女だと一目でわかった。

（こんなところに、子ども……？）

一瞬、花琳は首を傾げた。ここは後宮の中でも皇太子殿下のおわす瑠璃宮だ。まだ妻帯していない皇太子殿下に子がいるわけもないし、と思ったところで哉藍の話が脳裏によみがえる。

（あ、この子……！）

そういえば、と目の前の幼女が何者か思い出したところで、その当人が口を開いた。

「私は笙鈴。張家の娘だ。……おぬし、見ない顔だが……」

「これは、失礼をいたしました。わたくしは……えっと、黎花琳と申します。李家のご推薦をいただき、このたび妃候補の一人としてこちらに参りました」

「ほお……李家の。そうか……」

年齢の割に、大人びた物言いをする子だ。目を瞬かせた花琳がじっとその顔を見ていると、幼女――笙鈴が眉をひそめた。

「なんだ、無礼なやつだな」

「これは失礼を……」

花琳は慌てて頭を下げた。

どうやら間違いなく、この幼女が話に聞いていた張笙鈴であるようだ。だが、話を聞いてイメージしていたのとはだいぶ感じが違う。もっとこう、不安そうで気の弱い、おとなしい感じだと思っていたのだけれど、と下げた頭の下からそっと様子を窺ってみる。

目の前の幼女は、どちらかといえば尊大な感じだ。まあ、大貴族の姫君なのだから当然か。だが、そんな幼女が腰に手を当てふんぞり返っている様子は、なんだか妙にほほえましく、むしろかわいらしくさえ見える。

くす、と小さく笑うと、それを聞きつけたのか笙鈴は唇を尖らせ、頬を膨らませた。

（あれ、でも……一人なの？）

一人でふらふら出歩いている花琳が言うことではないが、高位貴族の姫君ならば、お付きを連れているのが普通だ。けれど、周囲にそれとなく視線を投げかけてみても、それらしい人影は見当たらない。

（殿舎からは随分離れてしまっているけど……大丈夫なのかしら）

花琳でさえ、だいぶ歩いてきたような気がしている。油断をすれば、同じような樹木が立ち並ぶ桃園の中だと、方角を誤ってさらに殿舎からは遠くなってしまうだろう。

（まさか、一人抜け出して迷子になっているわけじゃ……ないわよねえ……？）

少なくとも、笙鈴は花琳よりもひと月以上前からここ瑠璃宮にいるのだ。きっと道くらい覚えているはず。

そんなことを考えていた花琳の視線の先で、笙鈴はきょろきょろと辺りを見回した。

それから、何か考えるように首を傾げている。

その様子に、花琳の頭の中には嫌な予感が広がった。

「あの……笙鈴様？　差し出がましいようですが……お付きの方は？」

「……いない」

唇を尖らせて、笙鈴は小さな声で答えた。その様子に、花琳の中で疑惑がますます現実のものとなっていく。じっと彼女を見つめていると、なんだか不思議なことに、黒い靄のようなものが笙鈴を取り囲んでいるように見えてきた。

（なにこれ……？）

こんな経験は、今までにない。もっとよく見よう、と目を凝らしたところで、その行動に気づいた笙鈴がきっと花琳を睨みつける。とたん、その靄のようなものは霧散して、何も見えなくなってしまった。

（なんだったんだろう、今の……）

目の錯覚だろうか。だけど、それにしてはやけにはっきりと見えたような気がする。

ごしごしと目をこすってから、花琳はもう一度笙鈴の様子を窺った。けれど、彼女は「ふん」と鼻を鳴らして花琳を睨みつけているだけで、さきほどの靄はやはりない。

妙なこともあるものだ。慣れない場所で疲れでもしていたのだろうか。

まあいいか、と口の中で呟いて、花琳は目の前の小さな姫君のご機嫌を取ることにした。

（ここで放っておいて、騒ぎになったら大変だもの……それに、いくらなんでもこんな小さい子、一人で放っておけない……）

さて、何と言えばこのプライドの高そうな幼女を誘導できるだろうか。そんなことを考えていると、思わぬ救いの手がほかならぬ笙鈴から差し伸べられた。

「おまえ、黎花琳だったか」

「は、はい」

なんという威圧感だろうか。これが大貴族の姫君と言うやつか。

同じ妃候補の身でありながら、堂々たる格下扱いだ。花琳は別に異を唱えるつもりはないけれど、この態度では他の姫君たちとうまくいかないのではないだろうか。

そんな考えが脳裏を過《よぎ》ったが、指摘をすればへそを曲げてしまうだろう。おとなしく返事をすると、笙鈴は偉そうにこう続けた。

「供を許す。笙鈴を部屋まで連れて帰れ」

助かった――のかどうなのか。とりあえず花琳はその命令をありがたく拝命し、小さな姫君を伴って桃園の中を元来た通りに歩き出した。

「まあ……まあ、ありがとうございます。お姿が突然見えなくなって……笙鈴様、一体どちらに……子妹《ジメイ》は心配で心配で……」

「うるさい。少しその辺を歩いておっただけだ」

さすがに殿舎近くまでくれば、道は笙鈴の方が覚えていた。乗り掛かった舟と言うやつで、そのまま彼女の部屋までついていき、年かさの侍女に笙鈴を引き渡す。

大げさに頭をぺこぺこと下げ感謝の意を表す彼女に、花琳は曖昧な笑みを浮かべた。そのまま勢いよく喋る侍女の話をなんとなく聞いているうち、彼女が名を宋《ソン》子妹と言い、張家から笙鈴に従ってこの瑠璃宮へ来たのだということを知る。

（ははぁ……じゃあこの人も、亡霊を見たひとり……？）

確か、笙鈴の侍女は何人かいるはずである。その多くが見たという話だったので、きっとそうだろうと当たりをつけた。

（となれば、どのあたりで見たのか聞けるかも……？）

そう考えてみたものの、とにかく怒涛の勢いで喋りまくる彼女の話には口を挟む隙がない。聞いているうちにげんなりしてきた花琳は、今度は早くこの場を立ち去りたいと願い始めた。

どちらにせよ、今の子妹から何かを聞き出すのは無理だろう。

「あ、あの、では……」

息切れしたのか、子妹が言葉を切ったタイミングでようやく辞去の挨拶をしようと花琳が口を開く。だがその時、くいくいと下から袖を引かれた。んん、と疑問を感じてそちらに視線を動かすと、少し照れくさそうな顔をした笙鈴と目が合う。

目をぱちくりさせた花琳に、笙鈴はちょっと頬を染めておずおずとこう申し出た。

「とっ……供をした褒美に、笙鈴と茶を飲むことを許すぞ」

――不覚にも、きゅんときた。

（なっ、なにこれ……かわいい……！）

先程までの傲慢な感じから一転して、年相応のはにかみを見せてくるとは……！

「ありがとうございます、ぜひ」

思わず力いっぱいそう答えてしまったのも、仕方がないだろう。なんといっても花琳はこれまで自分より年下の少女と話をする機会などなかったのだ。幼い少女特有のあざとい仕草に、まんまとやられてしまったわけである。

そんなわけで花琳は、ここに来て初めて他の妃候補の部屋へと足を踏み入れることになった。

笙鈴の部屋は、さすがは大貴族の姫君だけあって絢爛豪華に整えられている。目にまばゆいばかりの調度の数々に、花琳は「ふわあ」と間抜けな感嘆の声をもらした。

哉藍に用意してもらった花琳の部屋だってなかなかのものはずだが、ここはそれを上回る。ただ、どちらかと言えば子ども向けとは言い難い部屋だな、と頭の隅にちらりとそんな考えがよぎった。

だが、驚きの声をあげた花琳の様子に気をよくしたのか、笙鈴は笑みを浮かべて座るように促す。

聞いていたところによれば、何人も侍女を連れてきていたというが、その姿は今はここにはない。まだ笙鈴を探し回っているのか、他の部屋で控えているのか——後者だといいのだけれど、と他人事ながら花琳はそれが気になった。

なにせ、この時間、外はまだまだ暑い。花琳も笙鈴も、ここに帰ってくるまでに手巾で何度も汗を拭いた。今だって、額にはうっすらと汗が浮いているし、背中は少し湿っている。

そんな二人の元に、子妹が「さぁさぁ」と盆を運んできた。盆の上には、茶のほかに団喜《だんき》が並べられている。小麦粉をこねて餡を包み、油で揚げた菓子だ。

普段はあまり食べられない菓子を目にして、花琳がぱあっと表情を明るくした。その隣で、笙鈴も同じように嬉しそうな顔をしている。

だが、視線が合うとツンと澄まして「食べて良いぞ」などと言うものだから、花琳は笑いをこらえるのにかなりの精神力を必要とした。

「では、いただきます」

「うむ」

花琳が早速手を伸ばすと、笙鈴も同じように手を伸ばす。おそらく好物なのだろう。口元に満足げな笑みが浮かんでいて、なんだかほほえましい。

子妹はそこで、少し席を外すと言って花琳に目配せをすると退室していった。おそらく、他の侍女たちに笙鈴が見つかったことを伝えに行ったのだろう。どうやらここで、花琳は笙鈴のお守役を任されたらしい。

（まあ、いいけど）

菓子を振る舞ってくれたのだ。それくらいお安い御用である。もぐもぐと口の中で甘味を咀嚼しながら、花琳はうんうんと頷いた。

同じように茶で喉を潤し、菓子を食べてお腹が膨れたことでご機嫌になったとみえ、笙鈴はあれやこれやといろんなことを花琳に喋ってくれる。

「笙鈴は、未来の皇后になるため……？　にここに来るよう、伯父上に言われてきたのだ」

「伯父上様に……」

なるほど、と花琳は頷いた。そこからも笙鈴の話は続いている。聞いた話を総合すると、張右僕射は笙鈴の父の兄であるらしい。その父親自身も、宮廷でそれなりの地位を得ていて、笙鈴にとっては自慢の父であるようだった。

だが、楽しそうだったのも最初だけで、母親や、兄、弟――家族について一通り喋り終わると、だんだんと笙鈴の口が重くなってくる。心なしか表情まで曇ったようで、花琳はどうしたのかと彼女の顔を覗き込んだ。

「……本当は、こんなところ、来たくはなかった」

ぽつり、と小さく笙鈴が呟く。それから、ハッとしたように口を押えると、ふるふると首を振った。

ああ、と花琳は心の中で頷く。おそらく、こうして家族の話をしたことで気が緩んだのだろう。おそらく、いつもそばにいる侍女の目がないことも、笙鈴の本音を引き出す一助になったと思われる。

ここにいるのは、先程までの傲慢で気の強そうな――それでいてあざとくかわいらしい面を併せ持つ女の子ではない。ただの八歳の小さな女の子だ。

思った通り、家族から引き離されて心細い思いをしている。

過去、両親を亡くしたころの自分と重ね合わせて、花琳は思わず笙鈴をぎゅっと抱きしめた。

ふわりと香るのは、幼い子ども特有のほんのりとした甘い匂い。柔らかくて小さな身体に、花琳の胸がぎゅっとしめつけられる。

「なにを……」

「いいんですよ、笙鈴様。花琳がお慰めいたします。寂しい時は呼んでくださったら、いつでも話し相手になりに参りますから」

とんとん、と背中を軽く叩きながらそう囁きかけると、一瞬だけ笙鈴はひるんだ気配を見せた。

「そ、そんなものは……」

「では」

身を固くした笙鈴が、小さく首を振る。

どうやらプライドを傷つけてしまったらしい。一瞬だけ思案して、花琳はゆっくりと身体を離すと、彼女の瞳を覗き込んだ。うっすらと涙の幕が張るそこを、優しく撫でて、それからにこりと笑ってみせる。

「実は、花琳はここに来て寂しいのです。お友達もいないし……笙鈴様、どうか花琳とお友達になって、いろいろお話してくださいませんか」

「そ、そういうことなら……」

少しばかり顔を赤くした笙鈴が、ツンと顔を逸らしながら頷く。それから「大きななりをして、寂しいなんて子どものようなことを言う」と宣った。そんな虚勢を張る姿さえ愛らしく思えて、花琳は満面の笑みを浮かべながら、またぎゅうぎゅうと笙鈴を抱きしめた。

こうして、花琳は瑠璃宮の中で初めての「友達」を手に入れたのである。

「で、どうだった瑠璃宮の中は」

「すっごい広くて……もう、足が棒のようです……」

結局、夕刻近くまで笙鈴の部屋で他愛もない話に明け暮れ、部屋に戻った花琳を待っていたのは、出て行った時と寸分変わらぬ師匠の姿だった。

変わっているのは酒の甕が増えていることくらいで、はあ、と大きなため息が出る。

「今日は、瑠璃宮でお友達を作りましたよ」

「へえ、友達」

杯を持つ手が一瞬止まって、桜綾が花琳の顔を見た。その口元には、にんまりとした笑みが浮かんでいる。

「そりゃあ、良かったこと」

桜綾はそう言うと、杯を花琳に向けて掲げて見せた。

目的を忘れていたことに気付いたのは、それから七日ほどが過ぎた頃のことだ。

すっかり花琳に懐いた笙鈴は、毎日のように部屋へ呼んでお茶の時間を共にしたり、桃園を探索したりしている。それに付き合って、花琳は実に楽しい毎日を送ってしまっていた。

「し、しまった……」

　亡霊のことも、異母兄のことも、なんにも調査が進んでいない。そんな現実に気が付いて、花琳は頭を抱えた。本当は、こんなことをしている場合ではないはずだ。けれど、あの寂し気な顔を見せた笙鈴が、明るい笑顔を見せてくれるのが嬉しくてたまらなくて、結局今日も彼女に乞われるままに足を運んでしまう。

「なぁなぁ花琳、今日も散歩に行こう」

「いいですよ、今日も桃園に行きますか？」

　最近の桃園は、実がちょうどよく膨らみ始めていい香りをあたりにまき散らしていた。まだまだ青い部分が多いので食べても美味しくはないだろうが、香りだけで充分に楽しめる。

　どうやら笙鈴は桃が好きなようで、外に出るたびに行きたがるのだ。

「そうだな、なあ花琳……そろそろ食べごろにならんかの」

「まだまだ、もうちょっとですねえ……」

「むう、残念」

　さすがに八歳の女児は、そろそろ香りだけでは満足できない様子。残念そうにそう言いながらも、笙鈴の表情は明るい。

　子妹に桃園に行くことを告げ、被帛を翻して走り出す笙鈴を追いかけて、花琳も早足についていく。ぱたぱたと軽い足音があたりに響き、笙鈴の笑い声がこだました。

自然、花琳の表情も明るくなり、笑いながら彼女を追いかける。

「待ってくださいよ、笙鈴様」

「はは、足が遅いな花琳は……っ、と」

その人影に花琳が気付くのと、先を行っていた笙鈴が運悪くその人物にぶつかるのとは同時だった。ぶつかった衝撃で転んだのは、もちろん身体の小さな少女の方で、相手は驚いたような顔こそしているものの何ともないようだ。

「笙鈴様……！」

慌てて笙鈴に駆け寄った花琳が、小さな身体を起こすのを手伝う。すっかり砂埃に塗れてしまった彼女の襦裙をパタパタと叩き、汚れを落としてやる。そんな作業に集中していると、ぶつかった相手が鋭い声を花琳に投げかけた。

「ちょっと、あなた」

「は、はい……？」

笙鈴の傍に屈みこんだまま見あげた先にあるのは、ちょっとばかり濃い化粧を施した美女の顔。複雑な形に結われた艶のある黒髪に、大ぶりの簪をいくつも挿している。なんというか、派手な女性だ。

その派手な美女が、眉を吊り上げ目つきを険しくしてこちらを睨みつけている。

「あ、ああ……失礼いたしました」

　確かに、ぶつかったのはこちらである。非があるのは認めるが、と花琳は少しだけ嫌な気持ちになった。

　なにせ、ぶつかった相手は八歳の子どもだ。そんなに恐ろしい顔をするほどのことはないと思うのだが。だがまあ、とにかく悪いのはこちらである。改めて謝罪しようとしたとき、美女は冷たく言い放った。

「まったく、どうしてくれるの？　汚れてしまったではないの……。これから殿下にお目にかかるというのに。あなた、この子の侍女？　なんとかなさいな」

「あ、その……」

　自分は侍女ではないのだけれど、まあそう見えても仕方がない。とりあえず様子を見ようと立ち上がった花琳は、ふと美女の言葉にひっかかりを覚えた。

（殿下にお目にかかる……？　殿下って、もちろん皇太子殿下のことよね……？）

　もちろん、皇帝にはほかにも子どもが何人かいる。皇子や公主も皆「殿下」の敬称をつけて呼ばれるので、皇太子とは限らないのだが、なんといってもここは瑠璃宮。皇太子の宮だ。当然、殿下と言えば一番に思い浮かぶのは紅劉帆皇太子殿下ということになる。

（ということは、この方も妃候補の一人……？）

だが、それにしてはちょっと年齢が上のような気がする。

そんなことを考えていたので、花琳の対応は一瞬遅れた。反応の鈍さに苛立ったのか、美女が金切り声をあげる。

「全く……！　こんな子どもに付いているだけあって、ぐずな侍女ね……！」

「なっ……」

眦《まなじり》を釣り上げて、美女が手を振りかぶった。とっさに脳裏によみがえったのは、嶺依に散々にぶたれた時のこと。思わず身がすくみ、ぎゅっと目を閉じる。

だが、恐れていた痛みはなかなか訪れなかった。代わりに聞こえてきたのは、怒りを孕《はら》んだ低い声。

「このようなところで、どうされました。燕徳妃《イエンとくひ》」

「っ……そなた」

恐る恐る目を開き、後ろを振り返ると、そこに立っていたのは哉藍だった。だが、いつもの宦官の装束ではない。濃い藍色をした上質な袍を身にまとい、腰には剣を下げている。

その姿を見て、花琳ははっとした。

確か――本来男子禁制とされている後宮ではあるが、まだ妃のいない皇太子の宮であるここ瑠璃宮では、皇太子直属の部下は出入りを許されている、と哉藍から聞いている。

今は妃選びの最中にもかかわらず出入りを禁じないあたりに、皇太子のやる気のなさが感じられると重臣たちがぼやいているということも。

おそらくこちらが、彼本来の職責の姿なのだろう。いつもと違う装いは凛々しく、燕徳妃に向けられた視線は厳しいものだ。

その場にいた誰もが、その視線の冷たさに身体を固まらせていた。

だが、さすがというべきか――いち早く立ち直ったのは、その美女、燕徳妃である。

ふん、と鼻を鳴らすと、振り返ってお付きの侍女を連れ、その場を去っていく。

「大丈夫か、花琳……様」

「え、ええ……あの、今の方は？」

しがみつく笙鈴の肩を撫でながら、花琳が尋ねる。そうすると、哉藍はやや渋い顔つきをしながら答えてくれた。

「皇帝陛下の妃、燕徳妃。……以前の徳妃が病死した後しばらく空位だった徳妃に、三年前に召し上げられたお方だ」

「なるほど……」

わずかに哉藍の口調に苦々しさがこもったことに、花琳は気づいた。思わずその顔を振り仰げば、彼は眉間にしわを寄せ、冷たいまなざしを燕徳妃が去っていった方角に向けている。

そのまなざしに、花琳の背中がぞくりと粟立つ。出会ってこの方、それほど長い時間を彼と過ごしたわけではないが、これまでに、こんな哉藍の様子を見たことなど一度もなかった。

「ふぁ、花琳……」

「ああ、笙鈴様、大丈夫ですよ」

ぎゅう、と花琳の足にしがみついた笙鈴も、彼の異様な気配に気づいたのか不安そうにこちらを見あげてくる。そっと見つめかえすと、また彼女の身体から黒い靄がでているのが、先日よりもくっきりと見えた。

(これ……)

だが、花琳のほかにそのことに気付いている人間はいないようだ。ぎゅうっと抱きしめ返すと、小さな身体からほっと力が抜ける。それと同時に、靄もうっすらと薄くなり、やがて花琳の視界から消えた。

(なんなの……)

柔らかく暖かなその身体を抱きしめたまま、花琳は得体のしれない恐ろしさにふるりと身を震わせた。

――その夜。

花琳は部屋に戻る桜綾を見送った後、こっそりと部屋を抜け出した。手には小さめの提灯を持ち、簡素な襦裙に身を包んで足音を忍ばせて歩く。

(ごめんなさい、笙鈴様……)

一心に慕ってくれる小さな姫君の姿を思い出すと、心が少しばかり痛まないでもない。目的を果たせば、花琳はここを去るからだ。けれど、花琳が本来やるべきことは――この後宮に現れる亡霊を探し出し、祓うこと。

(まあ、実際祓うのは師匠だけど)

ここから彼女を出してやることは、花琳にはできない。だからせめて、笙鈴の心の安寧だけでも手に入れてやりたい。

偉そうな態度とは裏腹に、笙鈴は時折花琳にしがみつき、離れないことがあった。ただ甘えているだけかと思っていたのだけれど、今日ようやく理解した。

あれは、彼女が不安を覚えた時の仕草だ。あの黒い靄は、おそらくその不安が具現化したものだろう。

なぜ自分にそれが見えるのかは、花琳にもわからないのだけれど。

笙鈴の不安の原因のひとつは、おそらく亡霊だろう。もっとも、一番根深いのは家族と引き離されたことだと思うけれど……

小さくため息をつき、頭を一つ振る。こればかりは、花琳の力の及ばぬこと。であれば、自分の力の及ぶ範囲で彼女の助けになってやらなければ。

花琳は注意深く足音を忍ばせながら、殿舎の外を人に見つからぬよう進んでいく。

目指すは、笙鈴の住む部屋の近くだ。

（まずは、あの付近から……一番可能性が高いはず……）

よくよく目を凝らしながら、小さな灯りを頼りに歩いていく。だんだんと目が慣れてきたのか暗いばかりだった周囲がほんのりと見通せるようになった頃、殿舎の隅にうごめく人の姿を見たような気がした。

（うそ……こんな早く見つけられるなんて……？）

こんな深夜に出歩く人もおるまい。自分を棚に上げ、花琳は急く心を押さえてじりじりと忍び寄る。

――その時。

「っ、ひゃ……っ？」

目の前を、突如大きな人影がよぎった。驚いて大声を出しかけたが、なけなしの理性を総動員して自分の口を手で塞ぐ。しかしその拍子に、手にしていた提灯が落ちて、わずかに物音が立った。

だけれど花琳は、そんなことに構っている余裕はない。だって、今の人影は――

（男……？）

しかも、あれは明らかに「生きている」人間だった。それくらいの区別は花琳にだってつく。だって、亡霊は足音を立てたりなどしない。

（まさか、こんな時間に後宮に男なんて……？）

宦官という可能性もあるけれど、それにしては妙なほどに人目を避けて走っていった。どう見ても怪しい人物だ。今まさに自分も不審人物なのだけれど、それを棚に上げ、花琳は人影の去っていった方向をじっとみつめた。

これは、後で哉藍に報告しておくべきかもしれない。今後を追ったところで、花琳の足で追いつけるとは思えなかった。

うん、と一つ頷いて、花琳は目的の方向へと視線を向けた。今夜は細い三日月が空に浮かんでいるだけで、辺りは暗く静まり返っている。辺りを窺ってみても、今度は物音一つない。

「よし……」

小さく呟いて、花琳は提灯を持ち直すとそっと一歩踏み出そうとした。だが、その瞬間前方からカタン、と小さな物音がした。油断していた花琳は、思わず飛び上がり、悲鳴をあげかける。だが、その悲鳴は後ろから伸びてきた手に阻まれ、くぐもった呻き声になって消えた。

「ひっ……」

「静かにしろ」

背後から伸びた手の主にそう告げられ、身体を腕で拘束された花琳は、恐ろしさに身を竦ませた。

(い、いやっ……誰か……っ)

思わず、心の中で助けを求める。

だが、誰にも言わずに抜け出してきたのだから、ここに花琳がいることを誰も知っているはずもない。もちろん、助けなど期待できるはずもなかった。

もしかしたら、先程の人影の主が見られたことに気付いて戻ってきたのだろうか。

恐慌状態に陥った花琳は、身体をひねり、手足をばたつかせてその腕から逃れようともがく。

すると、慌てた気配がして、背後の人物はゆっくりと少しだけ手の力を緩め、話しかけてきた。

「馬鹿……そんなに暴れたら、見つかるだろうが……」

「え……」

背後から抑え込まれた花琳には、その人物の顔は見えない。けれど、その低く抑えられたささやくような声には、聞き覚えがあった。

「せっ……」

「シッ、誰か来る」

彼の名前を呼ぼうとした瞬間、前方から小さな足音が近づいてくるのが聞こえる。

男が鋭く声を発したかと思うと、花琳はくるりと身体を返され、顔を胸に押し付けるようにして抱き込まれた。

「え、えっ」

「しばらくこのまま……黙っていろ」

肩口に鼻先を埋めた彼にそうささやかれ、花琳はつばを飲み込むとこくりと頷いた。

背後の足音がだんだん近くなり、やがて少し離れた場所でぴたりと止まる。

「誰かいるの……？」

どこか怯えを含んだような誰何の声は、意外なことに宮女と思《おぼ》しき女性のものだった。いや、後宮なのだから当然なのかもしれない。ああ、何かを考えていないと、叫びだしてしまいそうな気分だ。

だが、花琳を抱きしめた男は、不思議なほど落ち着いた様子だった。ぎゅうぎゅうと花琳を抱きしめたまま、身動き一つしない。

ふと花琳は、混乱した頭に浮かんだ一つの事実に身を震わせた。

（これ、まずくない……？　仮にも後宮、ここでは……）

そう、いまだ仮初とはいえ、ここは後宮。つまり、ここにいる女は全て皇太子のもの。

こんな現場を見られれば、花琳も彼も、ただでは済まない。不義密通、という言葉が頭に浮かんで、背筋がぞっとする。露見すれば、よくて追放、悪くすれば死罪もあり得る重罪だ。

だが、小さな提灯を掲げた宮女は、二人の様子に気付くと「なんだ」と気の抜けたような声をあげた。

「なんだ、ご同類か。馬鹿だねぇ、こんなところじゃすぐ見つかっちまうよ」

「気をつけよう」

宮女の声に答えたのは、いつも聞いているより少し高く作った声。だが、その会話の意味が分からずに、花琳の混乱は深まるばかりだ。

「うまくやりなよ……まったく」

その言葉を最後に、宮女は元来た方角へ去っていったようだった。小さな足音が遠くなり、やがて完全に聞こえなくなる。花琳の身体から力が抜けたのは、それからしばらくの時間が経ってからだった。

「……落ち着いたか」

「……なんとか」

問いかけに答えると、ようやく腕の力が緩む。やっと解放されて視線をあげると、そこにあったのは思った通り、哉藍の顔であった。

「哉藍様、どうしてここに……？」

「花琳こそ、なぜこんな時間にここにいる？」

質問に質問を返されて、花琳はぐっと言葉に詰まった。やましいことをしていたわけではないが、内緒で抜け出したことには後ろめたさを感じる。

思わず視線を逸らすと、哉藍が小さくため息を落とすのが聞こえた。

「花琳」

「い、いや、そのですね……」

顔を見なくても、なんだかもう声だけで充分わかる。明らかに怒ってらっしゃる。じっとりと背中に嫌な汗が噴き出してきた。あは、と乾いた笑いをもらして、明後日の方角に目を向ける。

そうして初めて、花琳は違和感に気付いた。

（なんか、明るくない……？）

今日の月は、三日月。月明かりには期待できない。殿舎は寝静まっていて、灯りのひとつも漏れていない。灯篭からは遠いし、唯一の光源は手に持っている提灯だけ。

慌てて哉藍を振り仰いで、花琳は絶句した。

こちらをじっと見つめる彼の姿が、視界にはっきりと映し出されている。秀麗な美貌も、しなやかな体つきも、濃紺の袍も――

けれど、花琳の視線を釘付けにしたのは、彼の瞳だった。

哉藍の瞳は、薄闇のなかでくっきりと金の色に輝いている。

(金、眼……)

どうして。

花琳だって、知っている。紅髪金眼は紅国では皇族しか持ち得ない特別な色だ。たとえ片方だけでも――

おもわず一歩後退った花琳に、哉藍が怪訝な顔をした。

「……どうした?」

「その、眼……」

花琳の漏らした一言にハッとした表情を浮かべた哉藍が、一瞬自分の目元を手で覆った。

くらり、と視界が揺れる。その途端、明るかった周囲がすっと暗闇に戻り、その落差にたたらを踏む。

「お、おい……!」

よろけた花琳を、哉藍の腕が支えた。そうして覗き込んでくる彼の瞳は、元の通りの黒。

（なに、なんなの……？）

再び眩暈に襲われて、今度は視界が闇に閉ざされる。慌てたような哉藍の声を聞きながら、花琳は意識を手放した。


「お、起きたかい」

「……師匠……？」

しょぼしょぼする目をこすり、花琳は緩慢な仕草で身体を起こした。やけに体がだるい。うう、と呻きながら周囲を見回して、ここが自分に与えられた瑠璃宮の中の一室だと気が付いた。

「あれ……？」

確か、自分は夜抜け出して……。思い出そうとして、頭がずきりと痛んだ。うう、ともう一度呻いた花琳に、桜綾が杯を差し出す。

中身には、琥珀色をした薬湯がなみなみと注がれていた。

「これを飲んで、もう一度寝ておきなさい」

「ん……」

手渡された薬湯を口に含むと、懐かしい味がした。桜綾に引き取られたころ、これと同じものをよく飲んで……

そこまで考えたところで、眠気が襲ってくる。そうだ、あの頃もこうして薬湯を飲んでは寝ていた。身体がそれを覚えているのかもしれない。

「ゆっくりお休み。きっと疲れが出たんだろう……」

「はい……」

眠気に邪魔されて、考え事をするのが億劫だ。うとうととまどろみの中に沈み込んでいく。途中、桜綾が誰かと話しているのを夢うつつに聞いた気がした。

(哉藍、様……?)

彼の声がしたような気がする。それから、額に落ちた髪をそっと払う、すこし硬い指の感触も。

けれど、もう花琳は閉じた瞼を開くこともできず、眠りの中に落ちていった。

ようやく目を覚ました時、既に太陽は西に傾いていた。夕刻らしく茜色の光が窓から射し込んで、床に真っ黒な影を作り出している。ぼんやりとそれを眺めてから、はっと花琳は牀榻から飛び起きた。

「うぇ、えっ⁉」

「おや、起きたのかい」

叫び声を聞きつけたのか、続き部屋から顔を出したのは桜綾だ。手には盆を持っていて、そこには杯が置かれている。つんと香ってくるのは薬湯の匂いで、花琳は寝る前のことを思い出して「あ」と小さく声をあげた。

「私……」

「ん、慣れない環境で疲れが出たんだろ。もう一度これ、飲んでおきな」

「ち、ちが……うーん……？」

疲れなんかじゃない――そう言おうとして、花琳は躊躇した。今になってみると、あれが現実だったのかどうなのか自分でもよくわからなくなってしまったからだ。

（だって、眼の色を変えるなんて……）

そんなこと、普通に考えれば出来るはずがない。ゆっくりと頭を振って、花琳はため息をついた。本当に、桜綾の言う通り自分は疲れているのかもしれない。疲れて、妙な幻覚を見たのだ。……きっとそうだ。

（気負いすぎていたのかな……）

亡霊のこと、異母兄のこと、そして今は笙鈴のこと。気にかかることはいくつもあった。後宮に来て半月、もう、と言うべきなのか、まだ、と言うべきなのか。

知らず知らずのうちに、焦れていたのかもしれない。

ずず、と薬湯を啜る。琥珀色の表面が揺れて、透き通ったその液体に金の瞳が思い起こされてどきりとした。

（でも……似合ってたな……）

黒い瞳も印象的だったけれど、金の瞳はそれ以上に彼の雰囲気に合っていたし、まるでそれが自然な——あるべき姿のような気にさえ見えて……

（い、いやいや……）

何を考えているんだ、自分は。

花琳はもう一度ふるふると頭を振って、その妄想を振り払った。

「さぁ、もう一度寝なさい」

「はい……」

ほとんど丸一日を寝て過ごしたというのに、なんだかうとうとと眠たくなってくる。

ひやりと冷たい桜綾の手が額を撫でて、その心地よさに花琳は目を細めた。

本当に、あの頃みたいだ。

やがて花琳の意識は再び夢の中へと旅立っていった。

◇◇◇

部屋の中の青年の姿を見て、桜綾は目を細めた。どこか落ち着かない様子なのは、おそらく花琳が気になるからだろう。

寝室まで花琳を運ばせたにもかかわらず、とっとと出ていけと彼を追い出したのは自分であるから、桜綾は小さく肩をすくめた。

頬杖を付き、指先で机の上を軽く叩く癖は昔と変わっていない。気になることがあるときの彼の癖だ。そんなところに妙な懐かしさを覚えて、苦笑がもれる。だが、それはおくびにも出さず、桜綾はもう一度肩をすくめた。

「まだいたのかい」

「……花琳は？」

惚けたような桜綾の言葉の調子に、振り返った哉藍の眉間には皺がよっている。ははは、と軽く笑った桜綾は「よっこらせ」と小さな声で呟きながら腰を下ろした。酒の甕を引き寄せたところで、哉藍が苛立たしげに舌打ちする。それに苦笑を漏らし、小さく肩をすくめてみせた。

すると、彼の視線が険しくなり、ゆら、と室内の灯りが揺れ動く。

「これ」

桜綾が小声で嗜めると、はっとしたように頭を一つ振った哉藍は素直に謝罪の言葉を口にした。

「――すまない」

「ここは龍脈に近い場だからな、気を昂らせればそれだけ影響も強い」

言い聞かせるような声の調子に、少しだけむっとした表情を浮かべたものの、非は自分にあるとわかっているからだろう。哉藍は軽く吐息をもらすと、視線だけで質問の答えを求めた。

「花琳なら、薬湯を飲んで寝ているよ。なに、明日の朝にはけろっとしているだろうよ。……それより」

桜綾の視線が鋭くなる。まるでこちらを威圧するような空気を纏ったその目つきは、受けたのがただの人であれば気に飲まれて震え上がっただろう。だが、哉藍は軽く首を振っただけでその視線を受け流すと、ため息混じりに口を開いた。

「相手はただ逢引きをしていた女官だ。こちらを怪しむそぶりもなかったし……なにより気配が普通だった」

「そうか……相手は？」

「すでにその場にはいなかったようだ。そちらは……明日にでも調べておこう」

「……危険がないなら、それでいいがね」

とぽとぽと音を立て、甕から杯に酒を注ぐと、桜綾はそれを一気にあおった。強い酒だが、一向に酔いなどまわらない。

小さな少女の面影が脳裏に浮かぶ。骨と皮だけのガリガリの姿で、それでも瞳に希望の光を決して失うことがなかった少女――花琳。

できれば、こんなことに巻き込まれたりせず、幸せを掴んでもらいたかった。

けれど。

桜綾の脳裏を過《よぎ》ったのは、一人の青年の顔だ。その名前を、桜綾は吐息と共に唇に乗せた。

「俊豪の行方は？」

「……そちらも未だ。心当たりは探しているが……」

「そうか……」

哉藍の表情が翳る。桜綾の表情も同様に。

落とされたため息はどちらのものか、ちりちりと揺れる灯りに紛れて消えていった。


翌日はさすがにおとなしくしていた花琳だったが、倒れてから三日目の夜には再び部屋を抜け出した。足音を殺して廊下に滑り出て、そこから庭へと降りる。

後ろを振り返っても誰もいないことを確認して、ほっと息を吐く。それから前に向き直った花琳は、音もなく目の前に現れた人影に息を呑んだ。

「ひゃわ……!?」

叫び声を上げかけた口を咄嗟に覆い、まじまじとその姿を確認する。夜の闇に紛れそうな濃紺の袍をすらりとした体躯に纏ったその人物を花琳が見間違えるわけもなかった。哉藍だ。

思わず覗き込んだ瞳は、いつもと変わらない漆黒で、花琳は小さく吐息をもらす。

（そうだよ……そんなことあるわけないじゃない……）

人間の瞳の色が変わるなんて、そうそうあるはずがない。やっぱり、幻覚か妄想だ。

ほっと胸を撫で下ろしてから、花琳はふと小さく首を傾げた。

（私、なんでほっとして……？）

胸元を押さえて自問してみても答えは見つからない。それに、そんなことを深く考えるよりも、今は目の前の疑問の方が重要だった。

「……なんで哉藍様がここに？」

「……護衛だと思ってくれ」

素直に口にした疑問には、あっさりとした返事がもたらされた。目を瞬かせて、花琳は再度疑問を口にする。

「護衛……？　私に、いりますか……？」

眉をひそめた花琳の唇からは、訝しげな声が滑り出る。それに哉藍は小さく肩をすくめてみせると、軽く首を振ってひたりと花琳を見据えた。

「この間、謎の人影を見たと言ったのはきみだろう」

「そうですけど……まさか、それで？」

だったら花琳が出るのを止めれば良いのに。そう思ったところで、哉藍がため息混じりに呟いた。

「俺が止めたら、大人しく部屋に戻ってしばらく夜は出歩かないと約束してくれるのか？」

「うっ……」

完全に見透かされている。言葉に詰まった花琳の様子に、哉藍はまた小さなため息を漏らした。

「ほら、行くぞ」

「はあい……」

とぼとぼと肩を落とし、花琳は提灯を持った彼の後ろについて歩く。行き先は先日と同じ、笙鈴の部屋の側。どうやら何も言わなくてもきちんと花琳の意図を汲んでくれているのだ、と気がついて思わず口の端に笑みが浮かぶ。

そっと盗み見れば、斜め後ろから見える彼の表情を、少しだけ膨らんだ黄色い月の光がやわらかく照らしている。その姿に、花琳は後宮にくる前の日の夜をふと思い出した。

あの日もこんなふうに、月明かりの下で二人だけで過ごした。

（そういえばあの日、約束してくれたもんね……）

花琳のことは、哉藍が責任をもって守ってくれると。

その言葉どおり、彼は後宮に来てからも細やかに気を配ってくれたし、頻繁に花琳の元に顔を出してもくれている。

こうして夜の見回りに「護衛」だなんて言ってついてくるのも、その一環なのだろう。

なんだか胸がくすぐったい。そんな場合ではないというのに、花琳は彼の横顔から視線を逸らすことができず、じっと見つめ続けていた。

辺りには、桃の香りが強く充満していて、甘ったるい空気が漂っている。いい匂いだ。そろそろ食べ頃だろうか、と考えたところで、花琳はその不自然さに気づいた。

（ここまで、香りが……？）

桃園まではそこそこ距離がある。熟れきった頃ならばともかく、まだ実の固い今の時期、この辺りまで匂いが漂ってくることなどないのでは……？

それに気づいた途端、ざわ、と木の葉が風に煽られる音がした。さきほどまで柔らかく自分たちを照らしていた、うっすらとした月の光が一瞬陰る。

その原因を探して、まるで引き寄せられるかのように花琳の視線が空を向いた。

（なにあれ、鳥……？　にしては、大きい……）

上空に見えたのは、大きな影。こんな夜に飛ぶような、大きな鳥などいただろうか。目をすがめて眺めた花琳は、ひらひらとはためくそれの正体に気づいて、思わずヒッと息を呑む。

「せっ、せっ……」

「なんだ、どうし……」

慌てて先を行く哉藍の濃紺の袍をぎゅっと掴んで引くと、彼は振り返って怪訝な表情を浮かべた。問いかけたその声は、花琳の視線の先を追って不自然に途切れる。

「あれ、は」

ごく、と唾を飲み込む音は、どちらのものだったか。見上げた空に浮かんでいるのは、女物の衣だ。暗闇の中なのに、それははっきりと色味までが見えた。そのことを、花琳も哉藍も――その時は全く不思議に感じることもない。

ひらひらと舞っているのは襦裙の裾。それから、たなびく薄物の披帛。どちらも青を基調とした、涼やかな雰囲気の衣だ。よくみると、その青地には何か文様が刺されている風である。

「あれが、亡霊……？」

「――そ、だ……そんな……？」

花琳の小さな呟きに被せるように、哉藍が何事かうめきながら一歩後退る。震え声に、どうしたのかと慌てて振り返った目に映る彼の姿は、とてもではないが尋常な様子には見えなかった。顔色は、青いというよりもさらにそれを通り越して白くさえ見える。小刻みに震える唇からも血の気が失せて、花琳は彼が倒れるのではないかとひやひやした。

触れた指先が、まるで氷のように冷たい。

「哉藍様？」

声をかけてみても、哉藍は上空をじっと見つめたまま。花琳もその視線を追って、もう一度空を見上げる。先程は驚いたが、あれは――

しかし、そこには既に薄青の衣の姿はなく、再び姿を現した黄金色の月が静かにあたりを照らしているばかり。

「雹華《バオファ》――」

ぽつりと落ちた名前、その声の主である哉藍の顔を再び覗き込む。彼の顔には驚愕と、それから滲み出るような切なさが同居していた。その表情に、はっと胸をつかれる。

――もう辺りには、桃の香りはしなかった。

二人は黙ったまま元きた道を歩いて行く。哉藍はまだ少し青い顔をしていて、唇にも血の気がなかった。

　部屋の前で一瞬迷ったが、花琳は彼の腕を掴むと室内へと引っ張り込んだ。角灯のぼんやりとした明かりを頼りに、暖かい茶を準備しようと湯を沸かす。

「あれは、亡霊なのか……？」

　その様子を眺めながら、哉藍は腰を下ろすとぽつりと問いかけてきた。湯の沸く音を聞きながら、花琳は小さく吐息をつくと、精一杯の何気なさを装って口を開いた。

　おそらく、自分の答えは彼を落胆させるだろう。

「さあ、わかりません」

「わからない？」

　花琳の答えに、哉藍の目つきが険しくなる。とぼけているとでも思ったのか、存外に強い目線に思わずたじろいでしまう。けれど、花琳だってふざけているわけではない。

　小さなため息を一つ漏らすと、花琳は彼の正面に腰を下ろしその黒い瞳をじっと見つめた。

「わかりません。見ればわかるものかと思いましたが……その……」

　花琳はそこで少しだけ言いよどんだ。これを、哉藍に告げてしまって良いものだろうか。ほんのわずかな逡巡の後、花琳は首を振ると哉藍に向き直った。

「むしろ、哉藍様こそ他の目撃者の方から何か聞いていないんですか？　どんな様子で現れるとか、姿形とか」

「……さすがに、怯える女子どもから無理に聞き出すこともできず……」

花琳の質問に、哉藍は気まずげに首を振った。それから、はぁ、と大きなため息をつく。くしゃりと黒髪をかきあげると、ぱん、と自らの頬を手で打った。これには花琳も驚いて、哉藍の顔をじっと見る。

黒々とした瞳と視線が交差して、花琳の心臓がどくりと大きく音を立てた。

（聞いても、いいんだろうか……）

さっき、哉藍の口から溢れた名前。それは明らかに女性の名前だった。それから、それを口にした時の彼の表情にあった、明らかな切なさ。

（もしかして、恋人、とか……）

親しく名を呼ぶほどの仲なのだ。それも、あの衣を見ただけで連想するほどの間柄。けれど、そう考えただけで胸がぎゅっと痛くなる。

結局その日、哉藍はそれ以上一言も言わず、花琳もまた彼に問うことができないまま、解散することになった。

異変が起きたのは、その翌朝のことだ。いつもなら朝のうちに一度は顔を見せるはずの桜綾が姿を見せなかったのである。

だが花琳は最初、きっと久しぶりにお酒を飲みすぎたのだろう――そんなふうに軽く考えていた。小さく肩をすくめた花琳はため息混じりに自分で茶を入れると、机の前に座り込んで考え事を始めた。

本当なら、昨夜起きたことを全て桜綾に話してあれがなんだったのか相談したいところだ。けど、と花琳は書き物机の上に肘をついて格子窓の外を眺めながらため息をついた。

哉藍の様子からして、あの衣の主に心当たりがあるのは間違いない。だが、それをあえて口にしなかったということは、なんらかの事情があるのだろう。

（本当は、哉藍様に話を聞いた方がいいんだよね……）

亡霊かどうかはわからない、と言ったのは本当だ。実際、衣が空を舞っているというのは異常には違いない。しかし、昨夜口に出せなかった可能性のいくつかに思いを巡らせて、花琳はまた物憂げな視線を格子窓の外に投げかけた。

ただの悪戯好きの妖の仕業、ということもありえる。もしくは――と、もう一度小さなため息をついて、花琳はその可能性に思いを巡らせた。

（道術の可能性もあるのよね……）

何も難しい術ではない。衣を浮かせて舞わせるくらいなら、初心者道士の花琳にだってできる。目的だってこんな風に考えられるだろう。亡霊の噂を流して他の候補者を追い出そうという心算、だとか。

でも、こんなこと――桜綾が全く考えていないとは思えない。もしかしたら自分は何か、重要なことを見落としているのではないだろうか。なんて。

(こうやって、あれが亡霊でない可能性ばかり考えてしまう……)

きゅう、と胸がうずいたような気がして、花琳は胸元に手を当てた。

わかっている。あれが亡霊であってほしくないと花琳は思っているのだ。だって――

(哉藍様が、あんな顔をなさるから……)

はあ、とため息ばかりが唇からこぼれる。雑念ばかりで、考えがちっともまとまらない。

湯呑みに触れれば、まだ一口も口をつけていない茶がすっかり冷めているのがわかる。仕方なくそれを飲み干すと、花琳は重い腰をあげて桜綾の部屋へ様子を見に行くことにした。だが――

「あれ……?」

桜綾に与えられた部屋は、花琳のものよりもだいぶ狭い。だが、その設えは哉藍が準備してくれたもので、居心地よさそうに整えられている。侍女としては破格の扱いだ。その室内を見回して、花琳は疑問の声を上げた。

脱いだままの衣がその辺に落ちているのも、何に使ったのかわからない水盤が転がっているのも、予想の範囲内ではある。

だが、てっきりいつものように（とはいえ、後宮に来てからはすっかりなりをひそめていたけれど）二日酔いでぐったりしているのだろうと思っていた桜綾の姿がない。

寝具も使った形跡がなく、綺麗に畳まれたままだ。まるで、昨晩ここで眠らなかったかのように。

（……まさかぁ）

自分の思考にぞっとして、花琳は小さく頭を振った。眠らなかった、なんてそんなことはない。きっと朝きちんと起きて、そうして片付けていったのだ。

（けど、じゃあなんで私のところに姿を見せなかったの……？）

ぞわぞわと嫌な予感が背筋を這いあがってくる。足に力が入らなくなって、花琳はぺたん、とその場にへたり込んだ。握りしめた指先が冷たい。

こんな時、どうしたらいいのかわからない。

脳裏に、同じような光景が蘇って、花琳はぎゅっと目を閉じた。

（あの時と、同じだ……）

畳まれたままの――使われなかった寝具。それ以外は、いつも通りの部屋。

不安を抱えながら、幾日も帰りを待った日々。

「やだ……師匠、やだ……うそでしょう……」

後宮は、許可なしには入ることも出ることも叶わない場所。人が忽然と姿を消すなんて、そんなことがあるわけがない。

きっと、しばらく待っていれば何事もなかったかのように帰ってきて、花琳の情けない姿を見て笑ってくれる。

床にうずくまったまま、花琳はじっと桜綾が帰ってくるのを待ち続けた。

「……なにをしておるのだ、こんなところで、明かりも着けず……桜綾殿は、どうした？」

カタン、となった格子戸にはっとして顔をあげた花琳の耳に聞こえたのは、もう何度も耳にした低音。いつの間にかうたた寝をしていたものらしく、周囲はほんのりと暗くなってきていた。慌てて振り返ると、そこには夕暮れの空を背景にした哉藍の姿がある。

「哉藍、様……」

思わず潤みかけた目を乱暴に擦って、花琳は無理矢理に笑みを浮かべようとしたけれど。

「お、おい……どうした、何が……ああ、ほら……」

珍しくおろおろした声を出した哉藍が、手にした手巾で目元を拭ってくれる。それが瞬く間に湿り気を帯び、少しだけ濃く色を変えた。それを見てようやく、花琳は自分が涙を流していることに気が付いた。あれ、と小さく呟いたものの、ぽろぽろと流れる涙は止まらない。ひっく、としゃくりあげてから、花琳は慌てて哉藍の手を押しのけた。

「あ、あれ、やだな……すみません、哉藍様」

そう呟いて、もう一度ごしごしと目元を擦る。すると、彼は慌てたように「こら、それでは赤くなってしまう」ともう一度手巾を押し当ててきた。

ほのかにいい香りがする。それが、先日抱きしめられた時と同じ匂いだと気づいて、急に花琳の心臓がどきりと音を立てた。急に涙まみれの――もしかしたら鼻水も出ているかもしれない――そんな顔をさらしているのが恥ずかしくなってくる。

「ちょ、ちょっと待って……」

「おい？　お、おい、花琳……」

頭がぐちゃぐちゃだ。不安と安堵と、気恥ずかしさとが入り混じって、なんだか頭が良く働かない。小さく息を吐いた瞬間、ぐらりと身体が傾いた。慌てて体勢を立て直そうとしたがうまくいかず、倒れそうなところを哉藍が抱き留めてくれる。

「し、師匠が、いなく、て……」

とりあえず、それだけは伝えておかないと。必死に声を絞り出してそう言うと、哉藍の顔がはっと強張った。

「どういう、おい、大丈夫か？　花琳……⁉」

大丈夫です、と答えようとしたがもう声が出ない。すうっと目の前がうす暗くなり、胃の奥がじんわりと疼痛《とうつう》を訴える。ああ、そう言えば今日は一日何も食べていなかったな、とぼんやりと考えた。

（お腹すいた、だけですから……）

耳元では、花琳の名を懸命に呼ぶ哉藍の声がしている。だが、それに答えることすらできず、そのまま花琳の意識はゆっくりと闇の中に沈んでいった。

第三章　秘密

——時は少し遡る。

游桜綾は後宮で与えられた自室で、水を張った盥を見つめてため息をついた。

(まったく尻尾を掴めないな……)

手を横凪ぎに払うと、それまで水盥の表面に浮かんでいた景色が霧散して、小さな波がたつ。その盥をそのままにして牀榻に飛び込むと、桜綾は疲れた目を休めるために目を閉じた。

後宮に来てから、気づかれないようずっと気を張っている。進展が何もないことに焦れているのは、何も花琳一人ではないのだ。

はあ、と小さく息を吐いて、桜綾はむくりと体を起こした。酒だ、酒を飲まなければ。

部屋の隅に置いてある甕の蓋を外して、桜綾は立ち上る香りに目を細めた。

後宮に来て良かったことの一つは、この酒だ。甕から器に移した透明な液体を一息に煽って、桜綾はふう、と息を吐く。

(あー、しみるわぁ……)

さすがに市井で求めるよりも上等な酒が揃っている。これは哉藍に持ってこさせたものだが、厨房に頼むだけでも段違いに良い酒を届けてくれる。にんまりと、桜綾の口の端があがった。

一口で頭の芯が冴え渡るようだ。精神が研ぎ澄まされていくのがわかる。視界が倍に広がったような感覚がして、桜綾は再び牀榻に身を投げ出した。仰向けになってぎゅっときつく目を閉じる。

暗く閉ざされたはずの視界に、何かが見える。酒のおかげで感覚が鋭敏になった桜綾は、その「何か」をもっとよく見ようと精神を集中した。

ふわりと、その「何か」がはためいた、その奥に。

「――っ！」

カッと目を見開いた桜綾は、飛び起きるとそのまま部屋を飛び出し、廊下の手すりを飛び越えて外に出た。胸元に手を差し入れると、札を取り出して息を吹きかける。

何枚あったのかは定かではないが、その全てが小さな鳥の姿に変じると桜綾の手から飛び立った。

「くそ、どこだ……！」

美しい顔に似合わぬ乱雑な言葉が唇からこぼれる。ぎり、と歯を食いしばると、桜綾は暗い後宮の庭園の中を灯りも持たずに走り始めた。

息が切れる。チリチリと指先が焼けるような感覚がするのは、おそらく放った式が焼き切れた証拠だ。奥歯を噛んで、喪失の痛みに耐える。思っていたよりも、相手は力があるようだ、と桜綾は考えて、その己の考えの傲慢さに少しだけ笑いが漏れた。

――どれくらい走っただろうか。何かに引き寄せられるように、桜綾は瑠璃宮を囲む塀の西の門あたりへと辿り着く。見事な竹の林が夜の風に吹かれ、さやさやと音を立てていた。空を見上げれば、三日月よりも少しばかりふっくらとした姿の月が、静かな光を地上に注いでいる。

たったそれだけの、よくある夜の光景。だというのに、桜綾の背筋になにかぞわぞわと悪寒のようなものが走った。

（なんだ、これは……）

本能的に何か良くないものを感じて、我知らず桜綾は二の腕をさすった。だが、背筋を這う悪寒はますます強くなり、桜綾に「この場から離れろ」と警告してくる。甘い匂いが鼻について、胃の腑からなにかがせりあがってきそうだ。

だが――

「なっ……」

後宮と瑠璃宮を囲む塀の上に、気づけば一人の男が立っていた。それが視界に写り、桜綾の身が硬直する。

弱々しい月の光の下だと言うのに、なぜかその男の顔ははっきりと見えた。

（……黎俊豪……！）

思わず大声を出しかけて、しかし桜綾はすんでのところで口を押さえた。月明かりに照らされた俊豪――と思しき男――の目。それは、妙に赤黒く濁って見える。

（そんな、まさか……）

ふるり、と体が震えた。しかし、先だってから感じる悪寒も危機感も甘い匂いも、桜綾の推測を後押しする。

この時桜綾の頭の中をちらりとよぎったのは、心細げに笑う花琳の顔だった。絶対に兄は帰ってくる――そう信じていると儚げに笑った弟子の顔。

だが、桜綾には――いや、道士であればおそらく誰もが理解できるだろう。あの目は。

一瞬体を硬直させた桜綾の視線の先で、俊豪はひらりと身を翻すと、塀の上を走り始める。はっとした桜綾は、すぐにその後を追うようにして走り出した。だが、相手の速度が尋常ではない。このままではすぐに引き離されてしまうだろう。

胸元から取り出した札に息を吹きかけ、足に貼る。これならば、あの早さについていけるはずだ。

ひらひらと、まるで踊るような足取りで駆けていく男を追いながら、桜綾は滲む汗を拭った。

やがて、男は音もなく塀の反対側へと飛び降りた。追っていた桜綾も、ひらりと飛び上がると、後を追って飛び降りる。すでに瑠璃宮の区画から離れ、後宮の中でもかなり端まで来てしまっていた。

「こんなところに……？」

首をかしげた桜綾の視界に、どこか寂れた雰囲気の建物が映る。ふと既視感を覚えた桜綾がその記憶をたどるより先に、追っていた俊豪がその建物の中に入っていった。

ならば、ここにいるのだろう――俊豪を操っている人間は。

屍鬼術《しきじゅつ》。

あの目の赤さ、そして甘ったるい香の匂い。あれは、邪法である屍鬼術だ。

道士たちの中で、語り継がれはするものの実際の手法は失われたと――いや、抹消されたと言われる術。その名の通り「屍を鬼として操る術」だ。

それを操る外道者が、ここにいるのだ。なぜなら、伝承が正しければ屍鬼を操る者はその側からそれほど離れられないはずだから。

その術を俊豪がかけられているということは、桜綾にとって、また花琳にとって最悪の事態が起きていることを意味していた。

疼く胸を押さえ、そっと格子窓から中を覗く。あたりに充満する甘い香りは堪え難いほどになっていて、こめかみから鈍い痛みがし始めていた。だが、見なければ。

あの子達を守るためには、ここが踏ん張りどころだ。

薄暗く、月の光さえ届かない室内には、先ほど追ってきた俊豪の他にもう一人――男がいるようだった。この角度からでは、視力を強化している桜綾でもその顔を確認できない。

ざあ、と一際強い風が吹いて流したままの桜綾の髪が乱される。それに一瞬気を取られた桜綾は、再び窓の中に視線を戻して息を呑んだ。

「羅俊熙《ラオジュンシー》……？」

中で何が行われているのか、座り込んだ俊豪の顔を覗き込んでいる男の顔がこちらからはっきりと見えた。思わず息を呑む。それは見覚えのある顔だった。なぜなら彼は、一時は桜綾の兄弟子として、父の教えを受けていた人物だからだ。

なんなら、父は桜綾の婿として彼を考えていた節もある。それが叶わなかったのは、当人がそれを拒んだこともあるが――

（本当に、ものにしたのか……）

一番の理由は、この屍鬼術に傾倒してしまったからだ。そのため、父の怒りを買い破門されたのである。

（まずい……）

あの男は、花琳のことを知っているはずだ。その母親のことも、その血のことも。

踵を返そうとした桜綾の足が震え、ぎしりと床板が音を立てる。は、と小さく桜綾が息を吐くのと、背中から声がかけられるのは同時だった。

「おや、どんなかわいらしい鼠かと思えば……游家のお嬢様じゃないですか」

「俊熙……！」

振り返って、桜綾は改めてゾッとした。父に破門されて以来顔を合わせていないのに、なぜ一目で彼が羅俊熙だとわかったのか。その理由をまざまざと突きつけられて。

俊熙は、あの頃からほとんど成長していない。桜綾より十は歳が上だったはずだが、今では桜綾の方が年上に見えるほどだ。

（人の理を外れたか……）

屍鬼術――邪法に身を落としたからこそ、彼は人としての生を外れてしまったのだ。

腕が伸びてくる。冷たい手のひらに腕を掴まれ、桜綾の体がびくりと跳ねた。

「ここまで見られてしまったからには、帰せませんね」

「何を……」

口元に笑みを浮かべた俊熙の表情から、桜綾は自分が罠に嵌められたことを悟った。

◇◇◇

「……？　あ、れ……」
二、三度目を瞬かせて、花琳は掠れた声をあげた。
ここがどこなのかとっさに判断ができない。視線を向けた格子窓の外は暗く、振り返れば部屋の中には薄ぼんやりと灯りを絞った提灯が一つ置かれているだけだ。

しばらくじっとしていると、暗闇に慣れ始めた視界にいつもの自分の寝室が映る。

ほっと安堵の息を吐いてから、花琳は首を傾げた。いったい自分はどうしたのだろう。

どうやら、今が深夜であるらしいことはわかる。静まり返った外の空気がそれを教えてくれていた。なんとなく急に恐ろしくなって、花琳はふるりと体を震わせる。

それと同時に強烈な喉の渇きを覚え、花琳は水を求めて身を起こした。立ち上がろうとして、足元がふらつく。ぐう、とお腹が鳴って、その音でやっと自分が空腹であることを自覚する。

「あ……」

そうだった、昨日は一日何も食べていなくて、そのまま気を失って……いったい今は何時なのだ。見上げた空で、月はちょうど真上にかかっている。ということは、今は日付の変わる頃だろう。ということは、倒れてからそれほど時間はたっていないということになる。

ぐう、と再度鳴ったお腹をさすって、花琳は苦笑を浮かべた。なにか摘まむものがなかったか、居室の方を探せば確か以前もらった乾燥棗が残してあったはずだ。

ぼんやりする頭を軽く振る。桜綾は結局どうしただろうか。

哉藍が来ていたということは彼が何かしら調べてくれているだろうし、何より彼女は腕の立つ道士である。だからきっと、心配いらないはずだ。

「師匠……」

唇からこぼれた言葉には、まるで力が籠っていなくて、花琳は泣き笑いのような表情を浮かべた。怖い、不安で仕方がない。ぐっと目を閉じると、花琳はぶんぶんと首を振る。

もしかしたら、桜綾は帰ってきているかもしれない。自分が寝ていたからそっとしておいてくれるだけで、今頃自分の部屋で酔っぱらって管を巻いているか、寝ているのかも。

そんな淡い期待を胸に、よろよろと立ち上がって扉の方へ向かう。

たった一日姿が見えなかったくらいでこんなに動揺して、きっと桜綾には笑われるだろう。それでも別に構わない、と花琳は思った。

何かに足をぶつけてしまったのか、がたんと大きな音がする。ひえっと肩をすくめ、ふらつく足を叱咤して寝室から居室へと踏み出した。ちょうど正面の机の上に水差しがあるのに気が付いて近寄ると、杯に注ぎ、一息に飲み干す。からからの喉に潤いが戻って、ふう、と息を吐いた。

その時、背後でかたん、と何か小さな音がしたように思えて、花琳はぎくりと身をこわばらせた。

（え、なっ……⁉）

この時、叫ばなかっただけでも褒めてほしい——と花琳は後に思った。

振り返ると、入ってきた扉の影になっている部分に、何か大きな影が見える。まるで人影のような——

ひゅっと息を飲み込んで、花琳は目を凝らしてそれを見つめる。しばらくして、それが見覚えのある人物だということに気が付いた。驚きに目を丸くして、その人物の名を呼ぶ。

「せっ……哉藍様……⁉」

「んっ……ああ、花琳……起きたか」

花琳の声に反応して、人影が顔をあげた。窓から差し込む月の光にやわらかく照らされているのは、間違いなく哉藍だ。寝起きなのか、すこしぼんやりした顔つきは、いつもより少し幼く見える。

こんなところで、どうして。

目をぱちくりさせていると、薄く微笑んだ哉藍の手がゆっくりと伸びてきて、花琳の頬を撫でた。うっすらと笑みを浮かべ、囁くように言葉を紡ぐ。

「もう、泣いてはいないか」

「え、あ……っ」

倒れる前の自分のことを思い出して、急速に頬に熱が集まる。ずいぶん情けないところを見せてしまっていた。二度、三度——哉藍の手が頬を撫でる、その暖かさにほっと息を吐く。これほど親密な触れ合いだというのに、恥ずかしさよりも心地よさが勝って、思わず自分からもその手にゆっくりと頬を擦り寄せた。

「師匠……まだ戻っていないんですね」

ここに彼がいるということは、そういうことだろう。泣きたい気持ちを堪え、確信を持って花琳はその言葉を口にした。

小さく息を飲む気配がする。

「花琳」

名前を呼ぶ声が少し震えている気がして、なんだか無性におかしくなった。泣きたいのは花琳のはずなのに、今は彼の方が泣きそうに思えたからだ。

「……桜綾殿のことは、こっちでも捜索に人を出してる。だが、あまりに手がかりがなさ過ぎて……すまないが、少し話を聞かせてもらえないか」

「はい」

返事をする自分の声を聞いて、良かった、と花琳は思った。危惧していたよりもしっかりと、桜綾のことを受け止めて返事をすることができた。

どうにか微笑むこともできたと思う。けれど、そんな花琳を見て、哉藍は一瞬目を伏せた。

「私としては、昨夜のあの……亡霊、のようなものと桜綾殿の行方が知れぬことには、なにかしらの関わりがあると考えている」

「まあ、私もそう思います。だって、あんまりにもタイミングが良すぎますから」

哉藍の言葉に、真剣な表情を浮かべて花琳は頷いた。器に盛られた乾燥棗をぽりぽりとかじりながら――というのがどうにも様にならないが、とにかく丸一日食事を抜いた後なので、なにかしらお腹に入れておかないと持たないのだ。

かといって、花琳が厨房を勝手にいじれるわけもない。仕方なく、以前もらった乾燥棗をとっておいたのを出してきたのである。

哉藍は何か言いたげだったが、花琳が「腹が減っては戦はできぬ、ですよ」というと、小さく肩をすくめて頷いた。

「花琳は、道士として修業していると聞いている。それを踏まえて尋ねたいのだが――昨夜のアレは、どう見る」

「……可能性は三つあると思っています」

ぽい、と最後の一口を口の中へ放り込んで、花琳は哉藍に向けて指を三本立てて見せた。

「一つは、あれが本当に亡霊だった、という可能性。ですが、これは可能性としてはかなり低めになります。だって……」

花琳が少しだけ首を傾げて言葉を切ると、哉藍は続きを促すように指先で小さく机をたたいた。

「最初に亡霊を見たのは、笙鈴様だとおっしゃっていたでしょう？　でも、夜中に上空を漂っている服なんて、八歳の女の子の視界に入るでしょうか」

「ふむ……」

実を言えば、それならば笙鈴がみた「本物」が別にいる——という前提で話しているのだけれど、哉藍はそこには突っ込んでこなかった。今は桜綾の行方について考えることを優先してくれるらしい。

「二つ目は、あれが悪戯好きの妖の仕業という可能性です、が……」

小さく首を振って、花琳はその可能性が低いことを言外に告げた。

「師匠の行方が分からないことに昨夜の件が関係しているとしたら、一番可能性が高いのは三つ目。他の道士が関わっている可能性だと思います」

「ああいう――ものを飛ばすような術があるのか？」

「ありますよ。というか、私だってそれくらいはできます」

　哉藍の問いに花琳がそう答えると、彼は驚いた様子で顔を覗き込んでくる。目が丸くなっているのを見て、花琳はくすりと笑った。

「もちろん、後宮にはお抱え道士たちがきっちりと守護の結界を張っていますよね。私程度、修業を始めたばかりの道士なんかは、到底その結界を越えられない。その辺ではできても、ここでは無理」

　花琳がそう断言すると、哉藍は少しだけほっとしたような顔をした後、何かに気付いたように渋面になった。

「では、その場合――手練れの道士が関係しているということではないか」

「まぁそうなりますね」

　悪びれずに答えた花琳をちらりと見て、哉藍は頭を掻くと腕組みして空を見あげた。額にかかっていた髪がさらりと流れ、形の良い額が現れる。

　一瞬それに目を奪われて、花琳は視線を逸らすと小さくため息をついた。

「確か、この辺でしたよね……」

「ああ……いや、もう少し奥だったような気もするな。なにせ暗かったから……」

とりあえず、明るくなってから現場をもう一度見たい、と希望したのは花琳だった。哉藍が迷いながらも頷いたのは、おそらくは花琳の気持ちを慮ってくれたからだろう。

哉藍らしい、とこっそり胸の内で呟いて、小さく笑みをこぼす。

だって、じっとなんてしていられない。桜綾の行方を、哉藍のほうでも人を使って探してくれているとは聞いたが、自分でも探したかった。

異母兄の時には、できなかったこと。もう後悔はしたくない。ぎゅっと手を握り合わせて、しっかりしろ、と心の中で呟く。

夜が明けるのを待って、花琳は哉藍の案内に従い注意深く足元を見ながら移動した。推測が正しければ、おそらくこの辺りに痕跡があるはずだ。

あの、空を舞う衣が漂っていたのはだいぶ奥まった、人もそれほど踏み入らない場所だから、昨日今日のうちなら、まだ、きっと。

しゃがみ込んだ花琳は、それこそ這いつくばるような勢いで、地面に顔を近づけた。

襦裙の裾が地面に擦れて、おそらく汚れてしまっただろう。それに気づいたのか、おい、と哉藍が慌てた声をあげるが、それに構っている場合ではない。必死になって、目的のものを探す。

しばらくそうしていると、視界の端に何かがひっかかった。

「あっ……！」

数歩先に、白っぽい紙の破片が落ちているのが見えて、花琳は思わず大声を上げた。そうっと近寄って指を伸ばす。

よく見れば、予想した通りその紙は端が少し焦げており、まだ新しい墨の色がわずかに残っていた。

「ありました、哉藍様」

「先ほども聞いたが、それが桜綾殿のものである可能性は？」

「うーん」

もっともな問いだと思う。頷いた花琳は拾い上げた紙片を鼻先に近づけ、くんくんと匂いを嗅いだ。もう二日近く野ざらしの状態だった紙片である。それほど期待はしていなかったのだが。

――かすかに香の匂いが残っている。花琳の鼻がひくりとうごめいた。

「哉藍様、游家の――師匠の邸にいらしたときのこと覚えてますか？」

「あ？　ああ……」

「変わったお香が焚いてあったでしょう」

突然の花琳の言葉に、哉藍は一瞬考え込むような素振りを見せた。だが、すぐに心当たりを思い出したのだろう。苦笑を浮かべると、哉藍は「ああ」と頷いた。

「随分変わった匂いがするとは思っていた。あれが何か……？」

「あれは、桜綾師匠が独自に調合したお香なんです」

これは、紅国の道士ならば誰もがやっていることである。そう前置きして、花琳は話をつづけた。

道士としての力には、それぞれ各個人に「得意とする術」があるように、持っている力に特性がある。それに合わせ、めいめい相性のいい「香り」を持っているのが一般的だ。まあ、道士の間で、という注釈がつくけれど。

道士を頼ったことのある人間ならば、常に道士の邸には一風変わった香りがただよっていることに気付くだろう。

この「香り」には、道士の力を安定させ、またその術の効力を高める効果がある、と言われている。それに加え、邸の中に焚き染めることで一種の結界の役割を果たし、外敵の侵入を防ぐと言われているのだ。

そんなことを簡単に説明すると、花琳はひらひらと燃え残った紙片をつまみあげた。

そうして、もう一度鼻を近づけると、すんすんと匂いを嗅ぐ。

「これは、師匠のお香の匂いとは全く違います」

「ふむ……」

花琳は頷いた。

「ええ」

首を傾げた哉藍は、花琳が摘まみ上げた紙片に鼻を近づけると、くんくんと匂いを嗅いでみたようだった。だが、不可解そうな顔をしているところを見ると、どうやら匂いを感じ取れないか、もしくは違いがわからないかのどちらかのようだ。

花琳だって、桜綾のもとで過ごした毎日がなければ、香の匂いなど覚えていなかっただろうからそれは仕方がない。

それよりも、気になることが一つあった。

（この匂い、どこかで近いものを嗅いだ気がする……）

頭を捻ってみたものの、どうにも思い出せない。けれど、なんだか良くない感じのする匂いだ。

甘くて、むせそうな——こう言ってはなんだけれど、腐る直前の桃の香りに似ていなくもない気がする。嗅いでいると、背筋がぞわぞわしてくるようだ。

ううん、ともう一度唸ると、花琳は哉藍が手を差し出したのをいいことに、その紙片を彼に委ねた。なんとなく、持っているのが怖いと感じたからだ。

哉藍に保管してもらうのが、なんだか一番安心できるような気がした。

兎にも角にも、これで謎の道士がこの一件に絡んでいるのは間違いのない事実。だが、その目的は判然としない。

もちろん、推論は立てたが、果たしてそんな簡単な話なのだろうか。

先を行く哉藍の後ろ姿をチラリと見て、花琳は小さなため息をついた。

「花琳、聞いたぞ……災難であったな！」

「ま、まあ笙鈴様……わざわざお越しに……」

哉藍と連れ立って部屋に戻った花琳を待ち受けていたのは、元気な八歳の幼女、笙鈴であった。思わず目を丸くした花琳が、災難とはなんの話か分からずしどろもどろに答えを返す。

そこに助け舟を出してくれたのが哉藍だ。

「まったく、災難なことでございました。たった一人の侍女殿がまさか病にかかるとは……」

「うむ……」

笙鈴はえらそうに腕組みすると、大きく頷いた。それに向かって、哉藍が神妙な顔つきをして見せているのが妙におかしい。

どうやら、桜綾の不在については病気で宿下がりしているという設定で乗り切ることになっているようだ。どうせなら先に教えておいて欲しかった、と哉藍に視線を送る。だが、神妙な顔つきをしたままの彼は、それにたいしてちょっと肩をすくめただけだった。

「ところで花琳、おぬし侍女がおらぬのでは困るじゃろう？」

「え、い、いえ……」

もともと、自分のことは自分でしていたし、桜綾も侍女らしいことはさほどしていなかった。そのため、花琳としてはそれほど困ることはないのだが、笙鈴はそうは思わないようだった。

まあそれもそうだろう。生まれた時から大勢の使用人に傅かれて生きてきたのだから。

「遠慮するな、笙鈴のところには侍女が大勢いるからな、一人くらい貸し出してもどうということはない」

「あ、あの……」

困り果てて哉藍に助けを求める視線を送ってみたものの、彼は小さく首を振ると視線を逸らした。どうやら、彼の助力はもらえないらしい。

押し切られるようにして、花琳は笙鈴から侍女を一人借り受けることにきまってしまったのだった。

今回の件に道士が絡んでいることは間違いない。話し合いの結果、花琳と哉藍は後宮の夜回りをすることになった。

哉藍としては、桜綾を探すのは人に任せ、花琳にはおとなしくしていてほしかったようだ。だが、花琳としてもここは譲れない。

異母兄の時は待つことしかできなかった。が、今回も同じ悔いを残すことは避けたい。もう、黙って待っているだけなんてできないのだ。

それに加えて、花琳には他にも気になることがあった。哉藍には言っていないが、笙鈴が見たはずの「本物」の亡霊のことだ。

笙鈴に借りた侍女にそれとなく聞いてみたところ、彼女は思った以上にいろいろなことを教えてくれた。

当人は残念ながら（と言っていた）見たことがないらしいが、同僚の間ではこそこそと情報共有がなされていたのだという。口止めされれば喋りたくなるのが人間の性質というもので、花琳が少し匂わせただけで、どんどん情報が出てきた。他人事ながら、大貴族であるはずの張家の侍女がこれでよいのかと心配になったが、今は都合がいい。

彼女の話を総合すると、やはり侍女たちが見た「亡霊」は大きく二通りに分かれていると言う。

一つは、花琳たちが見た「空を舞う衣」だ。こちらの方が目撃回数が多いらしいので、どうやら思ったよりも頻繁に現れていたらしい。なかなか見られなかった自分達の方がよほど運がなかったようで、花琳は密かにがっくりと肩を落とした。

そして、もう一つは地上を彷徨うものだという。ただ、こちらについては本当に一度か二度程度しか見たものはいないらしい。

笙鈴が見たのはこちらだというが、後から見たものたちは口を揃えて「空を舞っていた」といっている。そのため、一部ではやはり笙鈴の見間違いではないかという意見も出ていたのだと言う。

つまり、前者は謎の道士によるもの、後者は「本物」の亡霊の可能性がある。であれば、それは見習いとはいえ道士である花琳の領分であった。

結局、熱心に頼み込む花琳に哉藍が折れ、ある条件のもとで夜回りの許可をもぎとることに成功した、というわけだ。

その一つが、哉藍と共に行動すること。そしてもう一つが――

「そういえば、未だにお会いしたことがないのですけど、皇太子殿下ってどんな方なんですか？」

「りゅ……あー、殿下か？　なんだ、興味があるのか」

少年宦官の姿をした花琳と並んで、衛士に扮した哉藍が、どこか歯切れの悪い口調で言う。未だに慣れない袍の袖口を揺らしながら、花琳は「そりゃあ」と口にした。

この格好が、もう一つの条件だ。さすがに女性を夜に連れまわすのは無理、ということらしい。それくらいで夜回りをすることができるのであれば、花琳としては特に断る理由もない。むしろ、そんなことでいいのか、願ったりかなったりという状況である。

こうして、二人は夜の庭を二人連れだって歩いているのだ。

「なにせ、一応皇太子妃候補としてみなさん集められたわけじゃないですか……。それなのに、直接お会いしたことは誰もないって」

「まあ……そこはおいおい、だな」

「それでも、ええと……先日の、燕徳妃、彼女はお会いになってるんでしょう?」

「アレは……まあ、いろいろあってな」

花琳の口から燕徳妃の名が出たとたん、哉藍の顔つきは渋くなった。皇太子の側近たる彼がそんな顔をすると言うことは、皇太子・劉帆はあまり彼女をよく思っていないのだろうか。

燕徳妃と言えば、今現在の皇帝の寵愛を欲しいままにしているという話である。劉帆は彼女の子ではなく、他の妃の子であるはずだから、仲が悪くても不思議はないのかもしれない。その辺は、低級貴族だった花琳には理解の及ばぬ世界の話であった。

「……今、皇帝陛下の体調が宜しくない、ということはまあ知っているだろう」

「ええ、まあ……そのせいで結婚をせっつかれた皇太子殿下が、候補をお集めになっ

と殿下に訴えている」

「燕徳妃は……陛下がお亡くなりになった後も、自分を後宮に置いて欲しいと、ずっ

花琳が頷くと、哉藍はため息交じりに言葉をつづけた。

たわけですから」

「えっ」

代替わりをすれば、今の皇帝に侍っていた妃たちは全て暇を出されるのが通例である。実家のあるものは実家に、あるいは臣下に下げ渡されたり、または金子を貰って、田舎で悠々自適の生活を送るものもいるとか。いずれにせよ、皇帝に仕えたという経歴を持つだけに、どこでも大切にされると聞いている。

それだけに、燕徳妃の訴えはまぁまぁ変わっていると言えるだろう。

「残ってどうなさるんですか」

「まあ……普通に考えればどこかの宮を貰って隠居する」

「そういう言い方をなさるということは、普通じゃないということですか」

「ま、なんといってもまだお若い方だからな……」

あの手この手で新皇帝のお褥に侍ろうと画策するだろうな、と力なく哉藍が呟いた。

「はっきりとそう言っているわけではないが……」

「ああ……」

やたら着飾った燕徳妃の姿を思い出して、花琳はため息とも同意ともつかぬ声を唇からもらした。

なるほど、あれは皇太子殿下に気に入られるための装いだったというわけか。それを崩してしまったので、笙鈴はあれほどまでに怒りを買ったわけだ。

そういえば、と花琳は唐突に思い出した。あの日、燕徳妃を追い払ってくれたのは哉藍だ。だが、いくら皇太子の側近とはいえ、妃相手にあんな態度を取って大丈夫だったのだろうか。

（まさか、罰を受けたりなんかしていないわよね……？）

今更ながらに気が付いて、花琳はさっと顔色を青ざめさせた。

ちらりと視線をむけると、哉藍はあたりを見回してから「こっちを周るか」と花琳の手を引いた。何気ない仕草だったが、触れた手にびっくりして思わず飛び上がる。

「ひ、うぇっ⁉」

「なっ……なんだ」

突然大声を上げた花琳に驚いたのか、哉藍は焦った声を上げた。咄嗟に力を込めてしまったものらしく、ぎゅっと掴まれた腕が痛む。あ、と小さく声をあげたその瞬間、背中の毛が逆立つような感覚に襲われた。目の前で何かが弾けて、急に視界が開けていく。

「え、な、なに……?」

不思議な感覚に支配されて足元がおぼつかない。握られているのと反対の手で哉藍の袍を掴むと、慌てた彼が「どうした」と肩をさすった。身体の震えが止まらず、自分でもどうしていいのかわからなくなる。自分でも理解できない状況を説明できず、ゆっくりと首を振ると、哉藍は花琳の身体を抱え上げた。

「ひ、えっ?」

思わず手をばたつかせたが、かえって落ちそうになって哉藍の首にしがみつく羽目になる。ばか、と小さく呟く声がして花琳は唇を尖らせると彼の顔を見あげた。

行動が突然すぎるのだ——そう、文句を言うつもりで。

けれど、その言葉は自分の見たもののお陰で声になる前に消えてしまう。

「え、せ、哉藍……様……?」

「ん?」

どうした、と花琳を見おろす瞳が金の光を放っている。不思議と明瞭な視界に、彼の髪が——紅い髪が揺れている。

「紅髪……金眼……?　う、うそ……」

花琳の呟きに、哉藍がハッと顔色を変えた。

自分の目で見たものだというのに、信じられない。花琳は小さく首を振ると、ぱちぱちと瞬きを繰り返した。

けれど、目に映る姿は変わりなく、それどころかかえって不思議な——あるべきものをあるべき姿で見た、という確信ばかりが大きくなる。震える手で、ぎゅっと彼の袍を掴むと、哉藍の身体がぎくりと強張った。

「どういう……こと……？」

声が震える。

どういうこともこういうこともない。自分でもわかっていたけれど、問わずにはいられなかった。だって、この後宮で、皇太子の宮たる瑠璃宮にいる皇族男子といえば、心当たりは一人だけだ。

（哉藍様が皇太子殿下なの？　なぜ、何も教えてくれずにこんなことを？）

いろいろと聞きたいことがあるはずなのに、喉が凍ったようにそれ以上の言葉が出てこない。哉藍もただ黙ったまま、迷うような光を金色の瞳に浮かべている。

もとより、哉藍が花琳に全てを話す必要などどこにもありはしない。けれど、それでも——

そこまで考えた時、ぴりっと指先に痺れが走った。んっ、と小さく声を漏らした瞬間、視界が再び広がる。竹林の中に、青白い襦裙、白い被帛をたなびかせる黒髪の女性の姿が、ふうわりふわり、まるで踊っているかのように漂っている。

「哉藍様……！」

そう、花琳が声を上げた瞬間。

亡霊と目が合った。

「っ、あ、ああああっ……⁉」

「ふぁ、花琳……っ、どうした、おい！」

流れ込むものに耐えきれず、花琳は大声で叫ぶと哉藍の胸元に縋りついた。汗がどっと溢れ、目の前がチカチカする。どうにかしてこれを彼に伝えたいのに、凍りついたように言葉が出てこない。

「っ、あっ……」

だめだ、引き摺り込まれる。真っ白な被帛が翻るのと同時に、花琳の意識は飛んだ。

◇◇◇

『物心ついた時には、彼らが側にいた』

声が聞こえる。真っ白な光の中に飛び込んだような気がしたのに、今はなんだか薄暗い。ここはいったいどこだろう、と思ったが、見回してみても見覚えがない。

綺麗に整備された庭は――そう、李徳妃がいつも気を配って整えさせていたのだった。なんで忘れていたんだろう。いいや、そんなことは私は知らない。

——記憶が混じる。

まるで泡沫のように、弾けた記憶が流れ込んでくる。目の前に誰かがいるのが見えて、はっとした。あれは。

『——あれは、私の話をいつもきいてくれるにいさま』

視界にくっきりと姿を表した紅髪金眼の少年が、優しく微笑む。面影を宿した彼が誰なのか、わかるようでわからない。ううん、これは——

「劉帆にいさま」

「ああ、雹華」

そうだ、この人は異母兄の劉帆にいさま。私が彼を見間違えるはずもない。だって私は、彼のことが大好き。もう一人と違って、いつも優しく話を聞いてくれるから。母様は嫌い。全然話を聞いてくれないし、にいさまたちに近寄るなって言うから。けれど、徳妃様はお優しいから、私が遊びに行くといつもにいさまたちと遊ばせてくれる。温かくって優しくて幸せの気配がするここが、私は好き。

近寄ろうとすると、ざざ、と視界が揺れて、こちらに手を差し出している彼の姿がブレる。くらりと揺れた視界に再び姿が映った時には、彼はもう少し成長していた。おそらくは、十四、五歳。

――にいさまは、もうじき立太子されるのですって。そうしたら、早々にお妃を迎えることになるのだから、お邪魔をしてはダメよと母様が言うの。でも。

「ほら、おいで」

優しく笑ってくれるから、大丈夫でしょう？

私はにいさまが大好きだし、にいさまだって私のことが好きだとおっしゃってくれる。だから、大丈夫。

お妃なんていらないわ。だって私がいるんだもの。ねえ、にいさま。

じじじ、とその姿がぶれて、一瞬目を閉じる。もう一度開いた時には、すでに予想していた通りに成長したにいさまが目の前にいる。おそらく、年齢は十七か八。ちょうど、立太子されて、少しお忙しくなった頃。ふわり、と白の被帛を被せてくれて、にこりと微笑むにいさまの精悍な横顔に、心臓がどきどきする。

「大したものではないけれど、誕生日の祝いに贈るよ」

「ありがとう、にいさま」

頬が熱い。にいさまもきっと、私と同じ気持ちでいてくださるのよね。だってほら、こうしてお側にいれば優しく笑ってくださって、気にかけてくださるもの。

瑠璃宮にお邪魔しても、やっぱり優しく迎えてくださる。

もう一人のにいさまとは、大違い。あの人は、口数も少ないし、私のことをあんまり歓迎していない気がする。

他の皆は二人が並んだところを見て「やはりよく似ている」と言うけれど、全然違う。

劉帆にいさまだけは、私のことを大切にしてくれる。

なのに、なのに……！

「大家は、雹華様のお輿入れ先をお考えになってくださっているようですよ」

「輿入れ……？」

女官から聞かされた言葉に愕然とする。

うそよ、うそうそ。私は、だって、にいさまと……。にいさまだって、きっと……

そう、信じていたのに。

走って走って、にいさまの住む瑠璃宮まで走って――

「そうだね、雹華もそろそろそういうことを考える時期だものね」

微笑みを浮かべたままのにいさまの言葉に、私は目を見開いた。

うそ、うそ、うそよ……！

劉帆にいさまが、そんなこと言うわけないわ。だって、にいさまだって私のことが好きでしょう？　私、結婚するならにいさまじゃなきゃ嫌……！　にいさまだってそうでしょう……？

そう問えば、劉帆にいさまは寂しげに笑ってこう言った。

「雹華……僕らは、母は違えど父を同じくする兄妹《きょうだい》だよ。結婚はできない」

「そんな……だって……」

目の前が真っ暗になったような心地がする。だから近づくなと――母様はこれを予見していたのだろうか。

それでも、今更にいさま以外の人に嫁ぐなんて考えられない。

『だから私は――あの人の甘言に乗ってしまった』

だって、あの人の言う通りになったから。

あの人の言う通りにしたら、輿入れ先を決められそうになったちょうどその頃、徳妃様――劉帆にいさまのお母様――が亡くなって。徳妃様は皇帝陛下の一番の寵妃でいらしたから、その嘆きようは大変なもので。

当然、私の輿入れの話などどこかに吹き飛んだ。願い通りに。

――私はただ、あの人からのお届けものの花をお渡ししただけよ。違う、知らない。私のせいじゃないの。

『そう、私は何も知らずに――』

（――本当にそうなの？）

本当よ！

耳を塞いで、首を振って。私はにいさまの元へ行く。けれど、やつれた顔をしたにいさまたちは、私のことなど見もしない。

恐ろしい心地がするけれど、それを話せるはずもない。

「にいさま……」

それからしばらくして、父上様——皇帝陛下のおそばには、常にあの人が侍るようになった。

燕昭儀。

言う通りにすれば、私の願い通りになると——そうする術を知っていると囁いた女。

(——気づいたんでしょう?)

気づいていたわよ!

私はとんでもないことをしでかしたのだ。気づいて、足が震え、目が回る。そんな偶然が起きるわけがない。

今になってみれば、どうしてあんな女の言うことを素直に聞いてしまったのかわからなかった。どう考えても、信頼するに足りる人ではないのに。

あのお花を受け取った時、燕昭儀と一緒にいた青年。年若い宦官と思っていたが、あれから姿を見たことがない。にやにやと笑う顔に嫌なものを感じたのに、あの時は自分のことしか考えられなかった。なにか、甘い匂いに頭がくらくらして。

おそらく、徳妃様に差し上げた贈り物には、なにかよからぬ仕掛けがあったのだ。

私が、あのお方の死に、手を貸したのは間違いない。

恐ろしくて震えが止まらない。けれど、あの人の思い通りにばかりさせておけない。

――彼に出会ったのは、そんな時だった。

瑠璃宮は後宮の一部ではあるけれど、宮の中に限ってにいさま直属の部下は出入りを許されていた。それは、まだ皇太子であるにいさまの妃が一人もいないからだ。

私はにいさまの「妹」だから、出入りを許されている。けれど、その日も私はにいさまの姿を見にいったものの、話しかける勇気も出せずに池のほとりに佇んでいた。

徳妃様が亡くなってからのにいさまたちは、少し怖い。

「どうしました、このようなところで……？」

「あ……」

そこにいたのは、歳の頃はにいさまたちとそう変わりない青年だった。名前を、黎俊豪というその青年は、瑠璃宮に出入りを許されるようになったばかりらしい。

当然のことながら、私の顔など知りもしないので、瑠璃宮で働く女官かと思っていたようだった。けれど、その勘違いを正す必要を、その時の私は感じなかった。

それから、何度か顔を合わせるようになる。私のことを知らない人と話をすることは、少しだけ重い気持ちを軽くした。

俊豪には私よりも幼い妹がいるとかで、話を聞くのが上手い。二度、三度と顔を合わせるうちに、私も次第に気をゆるすようになり、いつの間にか悩み事まで話すようになっていた。

もちろんその頃には、自分が公主であることもすっかり打ち明けていた。

「雹華公主様、またいらしてたんですか」

そう言って笑ってくれるその人を、頼りにするようになったのはいつ頃からか。気づけば、顔を見るだけでほっとするようになっていた。

——思えば、この頃にはもう、彼も目をつけられていたのかもしれない。けれど、そんなことは、この頃には思いもよらなかった。

燕昭儀が身重になったと言う話を聞いた頃には、とうとう耐えられなくなって、私は彼に全てを話してしまった。

「雹華公主様、どうぞこの俊豪にお任せください」

そう請け負ってくれた彼。彼の姿を——それ以降見ることはなくて——

そうして、再び彼に会えた時、澄んだ瞳をしていた青年の目は、赤く濁って、それが私の記憶の最後。そして——

◇◇◇

赤い瞳と視線が合って、花琳は叫び声を上げた。

「う、あ、あっ……！」

「花琳、おい、花琳⁉」

頭が割れるように痛い。自分が何者なのか、今どこにいるのか、声の主は誰なのか――。いえ、私はこの声を知っている。

『劉帆にいさま……』

「⁉　……っ、おい、花琳、花琳！」

違う、この声は。

「あ、哉藍様……」

うっすらと目を開くと、そこにいたのは紅髪金眼の青年だった。先ほど彼女の記憶の中で見ていた、皇太子殿下とうり二つの姿。けれど、記憶の中の彼と、目の前の青年――その二人が全くの別人だと、花琳はすぐに気がついた。

ここにいるのは、哉藍だ。名前を呟くと、彼はほっとしたように息をついた。

それから、頬をそうっと撫でられる。ひんやりとした感触に、花琳は思わず肩を震わせた。

「大丈夫か、どこかおかしなところはないか」

「え？　あ、ええ……」

気づいた直後には割れるように痛かった頭も、不思議な自己喪失感もすっかり消えている。けれど、気を失っている間に観た内容は頭の中に残っていて、ぽろりと涙が目からこぼれた。

「大丈夫だ、もう」

「哉藍様……」

今更ながらに気づいたが、今いるのは屋外ではないようだった。はっとして周囲を確認すれば、哉藍は花琳を抱え込んで榻に腰掛けている。どうしてそんな体勢なのかと言えば、それは花琳がしっかりと彼の袍にしがみついて離れないからのようであった。

ひえっ、と小さな叫び声を上げた花琳はぱっと手を離した。

「こっ、こっ……」

「ああ……ここは俺の部屋だな。さすがに変装したままのきみを抱えては戻れないし……俺もまあ、この姿では」

慌てすぎて言葉にならない花琳の疑問に、哉藍は肩をすくめてあっさりと答えた。宥めるように背を撫でられ、大きく息を吐く。

なるほど、紅髪金眼を余人の目にさらすわけにはいかないのだろう。どこか冷静にそう理解した花琳の顔を、彼はもう一度覗き込んだ。冷たい指が頬を撫でて、溢れた涙を拭う。

それから、困ったように眉を下げると「さて」と小さく呟いた。

「何かを、視《み》たんだな？」

問いかけに頷けば、大きなため息が降ってくる。花琳が身をすくませると、彼は「いや、きみは悪くない」とうっすら微笑んだ。

「なにから話をするべきか……それとも、きみにはもう全てわかっているのかな」

花琳は小さく首を振った。わかるようでわからないことの方が多い。

けれど、これだけは確認しておかなければならなかった。

「哉藍様は……皇太子殿下の、弟殿下であられるのですね？」

「ああ、双子の弟になる」

そうか、と花琳は小さく息を吐き出した。先ほどまで見ていた記憶の主は「雹華公主」。あの亡霊が雹華公主なのだろう。目を閉じて、心を落ち着かせる。

（間違いないわ）

花琳の視たものが現実だという証拠はまだ何もない。自分自身、初めての経験だ。

けれど、不思議と花琳には――あれが真実だということが理解できていた。

雹華公主が何をしたか――それが何のためだったたか。それをそそのかしたのが、燕昭儀だということ。

そして、異母兄・俊豪の行方も。

ぶるぶると首を振って、滲んだ涙をどうにか散らす。

花琳だって、ひよっことはいえ道士の一員だ。最後に見た俊豪の赤い目が何を意味するかは知っている。

ぐっと拳を握り込み、奥歯を噛み締める。一呼吸置いて荒れた心を落ち着けると、花琳は視線を上げて哉藍の金の瞳をじっと見た。

「皇太子殿下に会わせてください」

「……わかった。俺からも……その時に、きみに伝えなければいけないことがある」

だがそれは、とりあえず身支度をしてからだな、と呟くと、哉藍は苦い笑みを浮かべた。

第四章　星見の娘

皇太子に会うことができたのは、さすがに翌日、日が登ってからのことであった。

通された部屋でまず目についたのは、色鮮やかな朱塗の格子がはまった窓。うっとりするほどいい匂いのする香と、艶のある、磨き込まれた調度品。

そして、正面にはそっくりな男二人。片方は紅国皇太子のまとう瑠璃色の袍を、もう片方は、濃い紺色の袍をまとっている。

(双子って、ここまでそっくりなものなの……)

確かに、雹華公主の記憶にあった彼らも同じ顔をしていた——ように思う。正直なところ、哉藍には悪いのだけれど雹華はよほど皇太子・劉帆にご執心だったようで、彼以外の輪郭は朧げだ。だから、はっきりと二人が並んでいるのをみるのは、やはり初めてのことになると言っていいだろう。

それにしても、紅髪金眼が二人も並ぶと迫力だ。思わず目を瞬かせると、瑠璃色の袍を着た青年・劉帆が口を開いた。

「そなたが黎花琳か。話は哉藍からよく聞いている」

「は、はい」

意外と威圧感のある空気をまとった青年だ。これが、次代の皇帝となる責任、いや、威厳――とでもいうやつなのだろうか。

思わず頭を下げると、小さく笑う声が聞こえた。

「劉帆、そう威圧するものじゃない」

「そういうつもりではなかった」

哉藍が嗜める声と、それに少し拗ねた感じの返答をする劉帆の声。こうして聴き比べてみると、同じ声なのに響きが違う。不思議なものだ。

顔を上げると、苦笑した哉藍が頷いた。

「花琳、もう少しこちらへきて。兄にきみの眼を見せたい」

はっと息を呑んで彼の顔を見返す。昨夜説明を受けたけれど、花琳にとって「眼」を人にまじまじとみられることは、未だに少し恐ろしい。

けれど、哉藍は体を強張らせた花琳の手を取ると、その肩に優しく触れて――瞳を、覗き込んでくる。

「いいんだ、俺は昨日のことで確信した。間違いなくきみの『眼』は『星見の眼《ほしみめ》』。きみの母上の一族に伝わる、巫女の『眼』だ」

このことについては、昨夜哉藍から聞かされた。桜綾が花琳を引き受けてくれた理由の一つがこの『眼』であることも。

星見の眼は、過去と未来を見通す眼――と言われているらしい。その希少さから狙われて、母の一族はほぼ散り散りになったことも。

純粋な黒ではない、夜空にも似た紺色の瞳と、その奥に光の散る、不可思議な瞳。

けれど、突然そう言われても「はいそうですか」と言うには――花琳はこの眼の色を随分と貶められてきた。まだこうしてじっと見つめられるのは、本当は怖い。

ほら、と小さな声で囁いた哉藍は「綺麗な眼だよ」と言ってくれる。けれど、花琳はそう言う哉藍の金眼こそ美しいものに見えて仕方がない。昨日もそう思ったし、今もそう思っている。見られるのは怖いのに、見ているとそれを忘れそう。

お互い魅入られたようにして見つめ合っていると、ごほん、と咳払いをする音が聞こえた。それから、少しからかうような口調で劉帆が言う。

「いつまでやっているつもりなんだ、哉藍」

「……い、いや」

ごにょごにょと呟く哉藍の顔が少し赤い。それに気づいて、なんだか花琳も頬が熱くなる。どこか呆れたように二人を見た劉帆が、小さく肩をすくめた。

「花琳、話して差し上げてくれ」

「あ、はい」

ごくり、と唾を飲み込んで、花琳は胸元で拳をぎゅっとにぎりしめた。

花琳がこうして劉帆への面会を希望したのは、自分の『視た』ものを伝えるためだ。

それから、あの亡霊の正体を。

おそらく、あの亡霊を浄化するのに必要なのは、道士の術ではなく――劉帆だと思うから。

そして、花琳が自分の目的を果たすためには、彼の協力が必要だから。

（異母兄《にい》さま……）

そっと胸を押さえ、花琳は顔を上げてしっかりと劉帆の顔を見ると、自分の見たものを話すために口を開いた。


「……そうか……あれは、雹華だったか……」

全てを話したあと、劉帆はぽつりとそうこぼした。哉藍と同じ色をした瞳に、一瞬よぎった影を見て、花琳ははっと息を呑む。

（そうか、この方……）

そっか、と胸に手を当てて、雹華に語りかける。

あなたたち、兄妹《きょうだい》でさえ、なかったら……

けれど、その仮定は無意味と言わざるを得ないだろう。兄妹《きょうだい》でなければ、出会うことなどなかったのだから。

さて、ここからが問題ですと、花琳は気合を入れ直し、しんみりとした表情を浮かべる劉帆に向き直った。

「ところで皇太子殿下、つかぬことをお伺いいたしますが」

「なんだ？」

「現在の皇太子妃候補の中に、本命の方はいらっしゃいますか？」

「はあ……？」

何を突然言い出したのか、と劉帆と哉藍が顔を見合わせる。その様子に、花琳は少しだけ口元を緩ませた。

（やれることは全部やります、見ていて異母兄《にい》さま……！　あなたの仇、この花琳がとります……！）

決意を胸に、花琳は二人に向かってこれからの計画を話し始めた。

「お聞きになって……？」

「ええ、でも……」

ひそひそ、ひそひそ。女の園では、噂が駆け巡るのには一夜もあれば充分だ。突き刺さるような視線と囁き声に満足そうに頷いて、花琳は背後の哉藍を振り返った。

今日の花琳は、いつもよりも派手な装いだ。これまで宝の持ち腐れと化していた美々しい襦裙になめらかな光沢のある披帛、頭には簪を挿し、化粧もすこしばかり濃い目に施してもらった。

　哉藍は一目見るなり微妙な顔つきをしたが、自分ではそこそこの美人に化けたものだと自負している。笙鈴に借りた侍女の美雨《メイユー》も褒めてくれていたので、ここは哉藍がおかしいのだということにしておこう。

　なるべく淑やかに見えるように気を付けて、哉藍を従えて瑠璃宮の中央へ。つまり――皇太子・劉帆の部屋へと歩いていく。少しだけ遠回りするのも忘れない。

　目撃者は多く、なるべく目立つように。噂がさらに広がるように。

　――紅劉帆皇太子殿下が、とうとう皇后の候補をお決めになったらしい。

　たった一日で、瑠璃宮のなかはその噂でもちきりである。もちろん、その候補というのが花琳のこと。

（よしよし、思惑通り……さすが皇太子殿下）

　発案・黎花琳、企画・紅劉帆。丸一日かけて行われた作戦会議で決めたのは、花琳が囮になるという作戦だった。

　花琳の視た亡霊の記憶が間違いのないものだ、というのは当時を知る劉帆・哉藍二人の言からも明らかである。

　二人の母の死には不自然な点が多く、にもかかわらずお抱え道士たちの調査がおざなりであったこと。それまで皇帝の寵を一身に受けていた妃が亡くなったとたんに燕昭儀を傍に置くようになった不自然さ。

そして、その頃から姿をあまり見せなくなった妹。

その皇帝が病を得たと見るや、次世代の皇帝である劉帆に擦り寄ってくる厚顔無恥さ――

「女狐め……」

劉帆がそう怒りをあらわにしたのももっともであろう。昨夜の二人を思い出して、そっと息を吐く。その時の哉藍も悔しそうに奥歯を噛みしめて目つきを険しくしており、劉帆ほど面には出さずとも怒りの深いことがうかがえた。

母と、そして可愛がっていた異母妹とを陥れ、命を奪った相手だ。本当なら、今すぐにでも捕縛し、相応の罰を与えたい――いや、それどころか、すぐにでも殺してやりたいのに違いない。

皇帝が倒れて二年、まともに皇太子が政治の指揮をとれなかったのも、燕徳妃とその父である燕吏部尚書による妨害があったからだ。本当に、二人にとっては、彼女は仇敵にも等しい存在だろう。

花琳とて、その気持ちは痛いほどに理解できる。いや、理解できるなどというのはおこがましいかもしれない。が、自身の異母兄の処遇を思えば、はらわたが煮えくり返る思いがするのは当然だった。

（異母兄《にい》さま……）

目を閉じて、そっとその思いに蓋をする。このことについては、二人にはまだ話をしていなかった。

小さく首を振ると、後ろから「大丈夫か」と小さく問いかける声がした。振り返ると、心配そうな顔をした哉藍がこちらをじっと見つめている。

今声を出してしまうと、心の内を見透かされるような気がして花琳は小さく頷くにとどめた。

「行きましょうか」

昨夜、この計画に最も反対したのは、この哉藍だった。そんな、身を危険にさらすような真似をしなくとも、これまで同様に燕徳妃の周囲を探っていけばよいと。

しかし、それに反対したのは、花琳本人だった。

「早くしないと、師匠まで……」

口の中で小さく呟くと、花琳は顔を上げ、目的の場所――劉帆の待つ皇太子の私室へと歩を進めた。

「ほれ、もう少し近くまで寄らんか」

「え、ええっ……もう充分ではありませんか？」

濃紺の空にぽっかりと姿を見せる月が中天にかかり、星が煌く夜である。大きな池のほとりに作られた殿舎には煌煌と灯がともされ、着飾った人々があちらこちらでさざめき合っていた。並べられた酒肴に、どこからともなく楽の音が聴こえ、美しい夜に彩りを添えている。

その中でも一段高い場所にいる二人――その片方である皇太子・劉帆が笑みを浮かべてそう囁いた。そっと腰に手を添えられぐっと力を込められて、花琳はひえっ、と小さく声を上げ、身をすくませる。うろたえた小声で彼に耳打ちすれば、今度は背後から咳払いの声がした。

慌てて振り返ると、哉藍がこちらをじろりと睨んでいる。不機嫌そうな表情に、なぜだかいたたまれないものを感じて、花琳は再び身をすくめた。周囲は笑いさざめいているというのに、何故か冷や汗が背筋を滑り落ちていく。

後方に坐した哉藍は、なにやら術を用いているとかで今はその髪も瞳も漆黒の色。そもそも、紅髪金眼の姿が見えていたのは、星見の力によるものらしい。落ち着いた今では、その姿は元通り。馴染み深さはあるが、本来の色彩を見たあとではそこはかとなく違和感が漂う。不思議なものだ。

ただ、どうしてあれほど皇太子に似ている顔をした人間が瑠璃宮の中を歩いていていばれないものかという疑問は、今の二人を見て氷解した。

色彩が違うというだけで、こうも雰囲気が変わるものだろうか。こうして二人が側にいても、まったく「そっくり」という感じはしない。

いや、本来の紅髪金眼をさらしている劉帆の存在の鮮やかさばかりが印象に残って、哉藍を目立たせなくしているのか。

（ううん、不思議……）

ぼうっと哉藍を見つめていると、隣に座った劉帆がくつくつと笑いながら襦裙の袖をつい、と引いた。

「花琳、よそ見をするな」

「あ、申し訳ございません……」

そうだった、今の自分は皇太子殿下の恋人。これまで女性に興味を示さなかった皇太子が目を留めた花なのである。自分で言うとこそばゆいが、まあそういうことになっている。

今宵は、その劉帆が花琳と共に池に浮かんだ月を見る――という名目の宴だ。参加は自由、何か芸のあるものは披露しても良いとの触れ込みで人が集められていた。

腕に自信のあるもの、美貌に自信のあるもの――まあ、何をやっても花琳には負けない、という気概を持った貴族の姫君たちは、こぞってこの宴に参加している。

なんといってもこの宴、彼女たちにしてみれば妃候補を集めながらも姿をほとんど見せなかった皇太子に、直接自分を売り込むチャンスなのだ。

中には昼のうちにわざわざ花琳の姿を見に来て、小馬鹿にしたような笑みを浮かべていくものもいたくらいなのである。

(競争社会、恐るべし)

それでも、直接手出しをしてくる人間がいないだけマシなのかもしれない。いや、むしろ侮られているのだろうか。

まあ、それも仕方ないだろう。錚々たる美姫、華々しいお家柄の面々を差し置いて、選ばれた(と見せかけるのが)自分のような平凡な女なのだから。

全くもってとんでもない提案をしてしまったような気がする。花琳としてはあくまで燕徳妃を釣るための囮のつもりだったのだが。

まあ、そうはいってもこの役目を他の姫君たちに任せるわけにもいかなかった。

(燕徳妃は、権力者の寵妃になることで権勢を得るのが目的のはず。その父親の燕吏部尚書は、次の皇帝の外戚になるのが目的)

昨夜、劉帆と哉藍が語った内容を思い出す。

(そのために燕徳妃は、皇帝の寵厚い妃であったお二人の母上を亡き者に……。でも、皇帝に侍って男児を産んだものの、翌年にはその子どもが亡くなっている……)

年齢からして、皇帝はまだまだ壮健であると考えていたのだろう。次世代を待つよりも、現皇帝のもとに侍った方が早いと判断したのか。拙速と言わざるを得ないが、燕吏部尚書の年齢を考えれば妥当な判断。

男児を産んで健やかに育てれば、現在寵を得ている自分の言うことをきいて、自らの息子を皇太子に——と、まあ、これまでの歴史上全くの荒唐無稽な計画とも言えないか。

劉帆に促されるままにしなだれかかりながら、花琳はこの計画について考える。

（合わせて陛下が病を得られたことで自身の計画が危うくなり、今度は皇太子殿下に鞍替えを計っている。しかし、そんなことが本気で可能だと思っているのかしら）

考えてみれば、おかしな点はそれだけではないのだが——

「……い、おい、花琳？」

「あ……」

劉帆の声に、はっと我に返る。少し考え事に没頭しすぎていたようだ。思わず俯くと、ふっと耳元に笑う声と吐息がかかった。びくりと身体を震わせると、劉帆は一瞬驚いたように身を離す。それから「ふうん」と呟くと、口の端に少し皮肉気な笑みを浮かべて、背後の弟を振り返る。

するとその当人が苦虫を噛み潰したような顔で兄と視線を交わした。

「……兄上」

低く押し殺したような哉藍の声が、とげとげしさを含んで響いた。遊んでいる場合ではないということだろう。軽く劉帆の袍をつまんで引っ張ると、耳元に唇を寄せる。

「失礼いたしました。この後、どういたしましょう……?」

「ふふっ……うん、じゃあちょっと酌でもしていてもらおうかな」

はい、と素直に頷いて甕から杯に酒を注ぎ入れる。視界の端で、哉藍がため息を漏らすのが見えた。くすりと笑った劉帆が、それを受けて杯を掲げると、そこに今夜の月が映りこむ。

「美しい月だ。そうは思わないか」

そう言うと、劉帆は背後を振り返った。どうやら、今の言葉は哉藍に向けて発したものらしい。

虚を突かれたように一瞬黙った哉藍は、ぷいと顔を背けると小さく頷いた。

くく、と笑う声がする。

「春だなぁ……」

「兄上……」

楽しそうな劉帆とは裏腹に、哉藍は苦い顔をしている。花琳は、そんな二人のやり取りに首を傾げた。

「まあ、確かに春ですが……?」

そう口にすれば、二人が揃ってこちらを見る。はあ、とため息をついたのは哉藍で、劉帆はまた愉快そうに笑っただけだった。

これだけをみれば、皇太子が寵姫とともに護衛の衛士をからかっているだけの和やかな場に見えるだろう。

けれど、ちりちりと身を焼くような――そんな悪意のこもった視線の存在に、花琳はしっかり気づいていた。

◇◇◇

まだまだ宴もたけなわといった風情であるが、燕徳妃は不機嫌もあらわに席を立つと、殿舎を後にした。

月は未だ頭上にあり、墨を溶いたような夜空にはちかちかと煌めく星が無数に存在している。その美しさを愛でるという名目で開かれた宴であったというのに。

（本当に、馬鹿にして……！）

怒りに目を光らせて、乱雑に地面を蹴って歩く。脳裏に浮かぶのは、仲睦まじくよりそう皇太子とその寵姫と呼ばれる娘だ。

「私がいくらお願いしても、お側にも寄せていただけないのに……っ！」

苛立たしげにそう口にすると、先を歩いている提灯持ちが振り返った。宦官の袍を身につけた、線の細い青年――俊熙だ。その姿に、燕徳妃はぎくりと身体をこわばらせた。

迎えにきたのは、最初からこの男だっただろうか……？

そうは思うものの、この俊熙という道士は以前からふらりと現れては消える、つかみどころのない男だった。普段はいるのかいないのかもわからぬ風情であるくせに、用件のあるときには澄まし顔で現れるのだ。

今もうっすらと笑みを浮かべたその横顔は、秀麗ではあるもののどこか得体の知れない不気味さを感じさせる。

燕徳妃は、この男が苦手だった。苦手というよりも、恐ろしいと感じているという方が正しい。

父の命でそばに置き、確かに色々と世話にはなっている。もちろん報酬を支払っているわけではあるが。

皇帝の寵を得るために、まず邪魔な女――以前の徳妃であった皇太子の母親――を排除するために力を借りた。ついでに皇太子の異母妹を利用することを提案してくれたのもこの男だ。その異母妹こと雹華もしばらくのちに亡くなっているが、燕徳妃は密かにこの男を疑っていた。

死体を用立てて欲しい、と過去に言っていたことがあるので、もしかしたら彼女の死体も彼の手元にあるのかもしれない。

（いや、いくらなんでも公主の死体は無理よね……）

それなりに格式のある葬儀を催したはずだ。正直、あまり興味がないので覚えてはいない。ふう、と息を吐き出すと、燕徳妃は手にした扇で口元を隠した。

――その後も、この男に与えられた魅惑の香や、閨で使う薬など、皇帝を籠絡するのに助力してもらっている。

（まあ、薬に関しては――なくてもどうにでもなったと思うのだけれど）

すでに四十に手の届く年齢であった皇帝、そして彼に侍る妃たちも、みな相応に歳をとっている。若さと美貌を武器にして、燕徳妃は自力でも今の地位を築くことができたと自負していた。

だが、大いに時間を短縮できたのには間違いないだろう。

そうは思うのだけれど。

ちらり、と視線を彼に向けて、心の中でため息をつく。とにかく、燕徳妃にとって、この俊熙という男は得体の知れぬ人間であった。

「うまくいっていないようですね」

「……ふん、まだまだこれからよ」

病に伏しているとはいえ、皇帝は今日明日をも知れぬ命というわけではない。急がなくてもいいのだ。

だが、なんとなく面白くなくて、燕徳妃は苦々しげに口にした。

「だいたい、お父様が悪いのよ」

自分が男児を産んだことで調子に乗った父、燕吏部尚書は、皇太子・劉帆を追い落とそうとしていた。彼が失策を犯してその地位を追われれば、他に男児のいない現在、次の皇太子には自らの孫が就く、という寸法だ。

妨害工作は、やはりこの俊熙の協力でうまくいっていたらしい。問題はその後だった。

生まれた赤子が、二歳を迎えることなく死んでしまったのだ。

(皓宇《ハオユー》……)

可愛い子だった。利発で愛らしい我が子。間違いなく、次の皇帝にふさわしいと信じていたのに。皇帝だって、閨ではそれらしいことを言ってくれていたのに。

ただの二歳児に何を、と言われるかもしれないが、燕徳妃は本気でそう思っていたのだ。

ぎりり、と奥歯を噛み締めて、燕徳妃は俊熙を睨みつけた。

「あれだけ殿下のお邪魔をしておいて、今更その娘に関心を寄せてくださると思う?

あれさえなければ、今頃皇太子殿下だって私に骨抜きだったはずなのに」

「さて、どうでしょうかね」

肩をすくめた俊熙は、再び前を向くと提灯を掲げた。明かりに近いのはこの男のはずなのに、そうすると顔がうまく判別できない。なんとなく薄寒さを感じて、燕徳妃は腕をさすった。もう夏も盛りだというのに、と空を見上げる。雲ひとつない空に浮かぶ月は、まるで空に開いた大きな穴のように見えた。それが、なんだか薄気味悪い。

（さっきまで、あれほど美しい月に見えたのに……あ）

ふと思いついて、燕徳妃は俊熙の背中に向けて口を開いた。

「……あなた、あの娘をどうにかできないの？」

ふ、と周囲に影が落ちた――ような気がした。空には雲などなかったはずなのに、ともう一度空を見上げようとする。その時、前を歩いていた俊熙が振り返った。

ぞわ、と背筋に悪寒が走る。なんだか、嫌なものを見た、という感覚。びり、と空気が張り詰めたような気がして、知らず足が半歩下がる。

だが、答えた声はいつも通りの俊熙のものだった。

「そうですねぇ。ここは、利害が一致していますね……」

顔ははっきりと見えたはず。なのにこの時の俊熙の表情を、燕徳妃はのちのち全く思い出せなかった。

「さて、そうはいうものの……どうしたものか」

燕徳妃を送り届けた俊熙は、提灯さえ持たず闇の中を闊歩する。闇は味方だ。恐れるべきものではない。

それよりも、だ。俊熙は考えを巡らせる。うまいこと桜綾をとらえ、引き剥がしたつもりであったが――。先程の、月見の宴で見た姿を思い出し、俊熙はぐっと拳を握った。

苛々とした気分が強くなって、眉間に深い皺がよる。全く、なぜか思い通りに物事が進まない。計算違いばかりが起きる。

ち、と舌打ちをしてから一度空を振り仰ぐと、俊熙は闇の中に溶け込んでいった。

◇◇◇

宴を終えた後、自身の部屋に戻ろうとした花琳を引き留めたのは劉帆だった。話があるというなり「ついてこい」と踵《きびす》を返した彼の背を、首を傾げつつも追う。護衛のために後ろからついてきた哉藍を加え、とある一室に二人を連れてきた劉帆は振り返って頷くと、自ら先頭に立って室内に足を踏み入れた。

あらかじめ人払いされたようで、室内にいるのは二人きりだ。廊下の灯火がもれ入って室内はぼんやりと明るい。そこへ劉帆が手ずから部屋の灯火に火を入れると、ぽうっと辺りが照らされた。

あまり使われていない部屋なのか、灯火からは少しばかり古くなった油の匂いがする。ただ、埃っぽさはあまりなく、少し狭いながらも居心地よさげに整えられてはいた。物珍し気に辺りを見回す花琳に、劉帆が苦笑をもらす。

慌てて真面目な顔を取り繕った花琳に向って、彼は小さく肩をすくめると「まぁ、楽にして」と近くの榻を示した。

そこで彼からされたのは、思いがけない提案だった。

「えっ……天穹殿にですか……？」

「ああ、その方がなにかと都合がいいだろう」

劉帆の言葉に、花琳は困惑の表情を浮かべた。天穹殿、というのは瑠璃宮の中でも皇太子の住む一角を示す。つまりは彼の私室のようなものだ。

もちろん、皇太子の殿舎ともなればその広さは邸宅一つ分くらいになる。一室与えられたくらいでどうこうということもないのだが、そこに部屋を用意されるというのは、かなり破格の扱いになるだろう。

戸惑う花琳に、劉帆は紅い髪を揺らして笑う。金の瞳が悪戯に細められ、花琳を見やった。

「警備上の問題でね……。きみ、囮になるというけど、その辺について深く考えていた？　もしきみが襲われて間に合わなかったら、全てがパーだからね」

劉帆が肩をすくめ、手のひらを上に向けるような仕草をする。その仕草を見ながら、パー、と花琳が繰り返すと、劉帆はからからと笑った。意外と俗な言葉遣いを知っているものだと、なんだかおかしくなってくる。

釣られて花琳も吹き出すと、二人分の笑い声が部屋の中に響いた。それを聞いているのは、苦虫を噛み潰したような顔をした哉藍だけだ。

はあ、とため息をついた彼に向かって、花琳はにこりと微笑んだ。

「私のことは大丈夫です。師匠の術で、あの部屋は安全が保たれていますし……」

「しかし、桜綾殿の術がいつまで持つかは……」

「うーん、その辺は、これが」

花琳が腕を突き出すと、劉帆と哉藍が揃って覗き込んでくる。見えやすいように袖を少しめくると、花琳の手首に細い紙のこよりのようなものが一周ぐるっと巻き付けてあるのが見えた。

だが、それがなんなのか二人には理解できない。眉をひそめて顔を見合わせた双子を交互に見やって、花琳は「ああ」と小さくつぶやいた。

「これは、道士の間ではわりと有名なものなんですが……師匠に何かあると、これが切れて知らせてくれるんです」

　そう言って、花琳がこよりを手で引っ張る。ひえっ、と青くなって大声を上げたのは哉藍だった。

「そ、そんな大切なものを乱雑に扱うな……！　切れたらどうする」

「いや、切れませんから」

　これは、札を術でこの形にしてあるものなので、そう簡単に――そう、この程度引っ張ったところで切れはしない。それどころか、花琳が桜綾の弟子になってからずっと腕につけているくらいなので、水に濡れても平気だし、引っ掛けたところで切れ目一つ入らない。

　いかなる術なのかは、半人前以下の花琳には到底わからないのだが、とにかく「すごい」の一言に尽きる。

　だが、哉藍は慌てた様子で花琳の手首ごとそのこよりを押さえた。

「……と、とにかく……心臓に悪いから控えてくれ」

「は、はあ……」

　確かに、桜綾に何かあった時に切れる仕組みではあるけれど、逆にこちらで切ったからと言って桜綾に害をなすわけではないのだが。

あまりに哉藍が青い顔をしているので、なんだか申し訳なくなってくる。

（まぁ、確かに気分の問題ではあるけれど……紙にしか見えないものね、これ）

上からぎゅっと握られた手首を見つめて、花琳は小さく息をついた。だが、これでわかってもらえただろう。

「まあ、そういうわけですので、私に警備は」

「いや、天穹殿には移ってもらう。わかっているのか、きみは今『皇太子の寵姫』なんだぞ」

「え、ええ……？」

目をパチクリさせると、呆れたような哉藍の顔がすぐ近くに迫ってくる。真っ黒な瞳が真っ直ぐに花琳の目を見つめ、囁くような声で言い聞かせた。

「今やきみの敵は、この瑠璃宮に集められた皇太子妃候補全員だ。余計な茶々まで構っているわけにはいかない。一番の目的のために、今は大人しくいうことを聞いてくれ」

「は、はあ……」

随分と大ごとだった。気軽に提案してはいけないことだったのかもしれない。いや、実際よく考えればその通りである。

燕徳妃の神経を逆撫でするのには一番の策だと思ったのだが——と、花琳は少しだけ顔色を青ざめさせた。

「大丈夫、そんな顔をするな。ここにいる限り、俺が守ってやる」

「……そういうのは、俺の台詞じゃあないのか、哉藍」

花琳の腕を握ったまま、哉藍がそう真摯な表情で告げてくる。その背後から、劉帆が肩をすくめてからかってきた。うるさい、と鼻の頭に皺を寄せた哉藍の顔を見つめながら、花琳はなんだかおかしくなって、くすりと笑う。

それから覚悟を決めると、一呼吸おいて口を開く。発案者は自分だ。そして計画を立案したのは劉帆。発案し、実行すると言った以上、立案者の思い描いた前提条件には従わなければならないだろう。

それに、と花琳は黒髪の青年の姿をちらりと盗み見た。彼が必ず守ってくれるというのだから、何も心配はない。彼のやりやすいようにしてやるだけだ。

「では、よろしくお願いします」

「任せておけ」

こうして、花琳は天穹殿の住人になることになったのだった。

「いい部屋だな」

「はあ……」

さすがに夜の宴にこそ出なかった笙鈴だが、二、三日のちには何の前触れもなく、花琳の住まいとなった天穹殿の一室に姿を現した。天穹殿付きの大監が困惑しきりといった調子で少女の姿を見つめている様子から察するに、またまたあの尊大な態度で押し切ってきたのだろう。いかに皇太子妃候補として集められたとはいえ、許可もなく簡単に足を踏み入れられる場所ではない。

なんとなくその光景が想像できて、花琳は小さく笑みを浮かべた。

しかし、当の笙鈴はそんなことはつゆほども考えていないのだろう。純粋に興味があるのか、部屋の中をあちこち見て回っては「おお、これは……」と感嘆の声をあげている。

その様子を見て、花琳は「さすが大貴族の姫君とあって、やはり目が肥えているのだな」と思った。

さすがというべきなのかどうなのか、天穹殿の中の設えは一級品ばかりだ。哉藍の用意してくれた品々でさえ恐る恐る触れていた花琳にとっては、すこしばかり肩の凝る調度品ばかり。

睡眠をとるためにある牀榻でさえ、毎朝枕によだれが垂れていないかを気にする羽目になっていて、気が休まるはずもない。だが、笙鈴ならばたとえよだれを垂らしても気にすることなく過ごすことができるだろうな、と花琳は肩をすくめた。

そんなため息の出そうな部屋で、あとどれくらい過ごすことになるのか。

哉藍には「そんなにすぐに結果が出てたまるか」と言われたけれど、花琳はだんだん不安が大きくなるのを感じていた。

（自信満々に、師匠は大丈夫と言ったのは私だけど……）

そりゃあ、師匠の実力はいやと言うほど知っている。けれど、その師匠が捕まった相手だと思うと、やはり心配には違いない。計画を受け入れてもらおうと、大見得を切ったのは、確かに花琳である。だがそれも、先日の話通りに燕徳妃が背後にいるのならば、すぐさま行動に移ると思ったからこそだ。

日がたつにつれ、心細さが襲ってくる。はあ、とため息をつくと、笙鈴が目ざとくそれに気が付いた。

はあ、とため息をつくと、笙鈴が目ざとくそれに気が付いた。

「なんだ、花琳。元気がないな」

「え？　ああ、いえ……」

気を使わせてしまった。小さい子に。ただ、じっとその姿を見てもあの靄がないことに、花琳は少しだけ安堵の息を吐く。

ここのところ、なかなか会うこともできていなかったが、元気になってきているようだ。やはり、最近あの亡霊――もどきが出ないことで、心が安定してきているのだろう。

（というか、そうであって欲しい）

願望に過ぎないが、花琳は心の中でそう呟くと、笑顔を浮かべて窓の外を窺った。菓子の準備を頼んだ侍女、美雨《メイユイ》がまだ戻ってこないのだ。元は笙鈴のところにいた侍女なので、色々話もしたいだろうと思ったのだけれど。

「遅いですね、美雨」

「ん？　そうだな……あやつは少し、おしゃべり好きだからな……」

む、と眉間にしわをよせた笙鈴が腕組みしてフンと鼻息を鳴らす。相変わらず年齢に不釣り合いなその態度に、花琳はくすりと笑みを浮かべた。

その時である。部屋の扉の外から、いくらか遠慮がちな男の声がした。聞き覚えのある声に、心臓がとくりと小さく音を立てる。

はあい、と返事をするのと同時に、予想通りの人物が顔を出す。哉藍だ。

「失礼、花琳……どの、こちらを」

言葉の途中で扉を開いて、笙鈴の存在に気付いたらしい。んんっ、と咳払い交じりに誤魔化した彼の手には、盆が乗っていた。その上には、美雨に頼んだはずの菓子が載っている。

あら、と小さく口を押えた花琳に、哉藍が苦笑を浮かべた。

「侍女どのに先程行き会って……急に呼ばれてしまったので、これを花琳どのに届けて欲しいと頼まれてな」

「美雨が……？　いや、すまんな、手間をかけた」

おや、と首を傾げた花琳に代わり、笙鈴がその盆に手を伸ばす。その瞳がきらきら輝いていることに気付いた哉藍は、くすりと笑ってその手に盆を渡してやった。満面の笑みを浮かべた笙鈴は、いそいそとそれを机に運んでいく。その姿を目で追いながら、哉藍はふと気づいたように呟いた。

「そういえば、あの侍女どのは、笙鈴様のところから来ていただいているのでしたな」

「ああ」

盆に乗っていた菓子を一つつまんだ笙鈴は、早速かじりつきながら彼の言葉に頷いた。口元についたカスを、行儀悪く手で拭うので、手巾を手渡してやる。それで口を拭きながら、小さくため息交じりに言葉をつづけた。

「どうにもおしゃべり好きで、すぐにあちこちに寄り道してしまう困ったところはあるが、あれでなかなか気が利いて……」

「ああ、いえ。しばらく様子を見ておりましたので、充分に働いてくれているのはわかっているのですが……」

「哉藍さま、何が気になるんでしょう?」

侍女をかばう笙鈴の発言に頷きながらも、哉藍は何が気になるのか首を傾げている。

その様子を見て、花琳もまた首を傾げた。

別に、侍女がそのへんで声をかけられて連れていかれるなんて、後宮の中ではよくあることだ。どこかで手が足りないとなれば呼ばれるのも日常茶飯事なのである。

(まあ、師匠はそういうの面倒くさがって全然行かなかったけどね……)

そんなことを思い出して苦笑した花琳だったが、哉藍は「いや」と再び首を振った。

「それならば、呼びに来るのは宮女だろう。だが、彼女はなにやら紙片を渡されて呼び出されたようで……。てっきり、本来の主がお呼びになったのかと思っていたのだが……」

「いや? 笙鈴はここにおったが……?」

そうだな、と再び首を傾げた哉藍だったが、それもほんのわずかの時間。訝しげに眉をしかめた笙鈴に軽く微笑むと、安心させるように頷いて見せる。

「おしゃべり好きと聞きましたから……懇意になった宮女に呼ばれていったのかもしれません。すぐに戻るでしょう。さ、どうぞごゆっくり」

「う、うむ……そうか」

「ほら、笙鈴様、これお好きだと仰っていたでしょう?」

花琳がもう一つ菓子を勧めると、笙鈴はぱっと顔を輝かせた。その様子に安堵しながら、ちらりと哉藍の様子を見る。すると、彼は何やら難しい顔をしながら考え込み、心ここにあらずといった様子だ。

（なにかしら……美雨のこと、そんなに気になる……？）

なんだか胸がもやっとする。だが、それがどうしてなのかを考えるよりも先に、笙鈴が無邪気に花琳を呼んだ。

「これ、うまいぞ！　花琳も食べてみろ」

「え、ああ……ん、ほんとですね、笙鈴様」

一口かじると、口の中にほんのりと甘みが広がる。んん、と目を細めた花琳を、笙鈴が満足そうに見やった。

◇◇◇

同時刻。天穹殿を出た先、人気のない場所に二人の男女の姿がある。何事か男がささやきかけると、女は頷いた。

「……はい」

とろりとした目つきの女を前に、男は歪な笑みを浮かべた。その懐に紙片をしまい込むのを見届けて、小さく頷く。

行け、と号令をかけると、女は素直に返事をしてこちらに背を向けた。

元々、あの女はこちらに随分と興味を示していたから、近づくのは簡単だった。

（一筋縄でいかないのは、あやつくらいだ……）

脳裏に浮かんだ姿に、ちっ、と舌打ちをして踵を返す。足は自然と思い浮かべた人物を捕らえた、寂れた殿舎へと向かう。

（游桜綾……）

自らの野望のため、星見の娘を手に入れたい。そのために、邪魔な彼女をなんとか引きはがすことに成功したのだ。だというのに……

「なにが寵姫だ……おのれ……」

燕徳妃と相対した時には隠しきれたが、一人になると抑えが利かなくなる。ぎりりと歯をきしらせ、地面を足でけりつけて塀の上に飛び乗ろうとしたところで――俊煕は今がまだ昼間だということを思い出した。さすがに、目立つ行動は避けなくては。

（面倒なことだ）

はあ、とため息をつきながら懐から一枚札を抜き出すと、そっと息を吹きかける。

途端に、彼の周囲がゆらゆらとゆらめき、だんだんと姿が認識できなくなってゆく。

そのまま、俊煕の姿はその場から掻き消えた。

◇◇◇

それから幾日かが過ぎた月のない夜のこと。

なかなか寝付くことができず、花琳は窓の外に見える星の数をぼんやりと数えていた。

相手の出方を待つだけの日々は徐々に精神を削り、最近では睡眠不足の日々が続いている。顔色が悪いのではと美雨に心配される日もあるほどだ。

(師匠……)

じわりと目の奥が熱くなって、星の光がにじむ。小さく息を吐き出した花琳は目を閉じると軽く袖口で目元を押さえた。

そんな花琳の様子に気づいているのだろう。哉藍の訪れは以前よりも頻繁になっている。

――うれしい、と感じてしまうのはきっと心細いから。

ぎゅっと掛け布団を握りしめると、花琳は首を振る。それからゆっくりと目を開いて、もう一度空を見上げた。月のない空は真っ暗で、星が光るのがよく見える。その数を数えながら、なんとか気持ちを落ち着けようと努力した。

は、と再びため息を漏らした花琳の耳に、かたんと小さな音が聞こえたのはそのときだ。

(……え？)

時刻は深夜。寝付けずにいた花琳はともかく、普通ならばみな眠りについているはずの時間である。

眉をしかめた花琳はのそりと牀榻から起き上がると、傍に置きっぱなしにしていた被帛を肩から羽織り扉を開けて外を覗いた。

だが、暗い廊下には人の姿は見当たらず、またその向こうにある庭園も真っ暗なまだ。新月の夜のことであるから、普通に考えて明かりもなしに外を歩くことなどできないだろう。だから、人がいるはずなど、ない。

「聞き違えかな……？」

だが、確かに聞こえたはずなのだ。風で何かが揺れた音かとも思ったが、耳を澄ませてみても葉擦れの音さえも聞こえない。

ごくり、とつばを飲み込んで、花琳は暗闇に目をこらした。

(あのとき――星見の力とやらが自由に使えれば見えるだろうに……)

あのとき――哉藍の本来の姿を見た時、明かりがなくても周囲が見えたのはおそらく星見の力を無意識に使っていたのだろう。慣れない力の発現に身体が悲鳴を上げて倒れてしまったのだと、今になれば分かる。あれが自在に使えるのならば、きっと今感じているこの感覚の正体が分かりそうなものなのに。

（未熟だ……）

何もかも、すべてにおいて。

花琳は唇をきゅっと噛みしめると、そっと足音を忍ばせて外に出た。じっとりとした夜の空気が身体に絡みつき、いささか不快さを感じる。

（嫌な感じ……）

湿った空気の中、なんだか嗅いだことのある匂いがする――ような、気がする。すん、と鼻を鳴らしてみたが、よくわからない。しかし、それに誘われるようにして、花琳の足は廊下から庭へと降りた。

そのとき。

がさ、と葉擦れの音がして、思わず視線をあげたその先で暗闇がうごめいたような気がした。ひゅ、と知らず息を呑む。

一歩、二歩。歩いた先で、白っぽい――被帛が揺らめくのが見えた。

「――っ⁉」

急にくっきりと浮かび上がったその姿に目を見開き、花琳は叫び声を上げかけた口をとっさに手で覆う。それは以前見たあの亡霊――雹華公主とそっくりな姿をしていた。

(ど、どういう……こと……？)

雹華公主の亡霊が現れるのは、おそらく劉帆に他の女性を近づけさせないためだろうと花琳は考えていた。多くの妃候補達、その中でも筆頭と思わしき笙鈴のもとに現れたのがその証拠だとも。

けれど、今その亡霊の向かう先、そこにあるのは――

(皇太子殿下の部屋……？)

まさか、と思う気持ちと、それが当然と納得する気持ちと。相反する二つの気持ちに揺れながら、花琳はそっと亡霊の後を追う。

迷いなく歩いて行く後ろ姿は、まるで生身の肉体がそこにあるかのよう。かさりと草の葉を踏む音も、落ちた小枝を踏むぱきりという音も聞こえてくる。

けれど、その身に纏う薄い青の襦裙と被帛だけは、妙にこの世から浮いて見えた。

顔は見えない、後ろ姿だけをただただ追いかける。

このとき、冷静に考えることができたのならば、花琳はその亡霊と自分の距離とが一向に縮まらないことに疑念を覚えることができただろう。けれども、内心ひどく焦りを抱えていた花琳はその不自然さに気づくことができなかった。

そして、あたりに漂う香りにも。

おかしい、と思ったときにはもう遅かった。

（いくら天穹殿とはいっても……広すぎない？　こんなに歩くもの……？）

まず疑問を抱いたのはそこだった。いくら追っても追っても、相手との距離が縮まらない。確かに天穹殿の庭には竹林があったが、これほど歩いても抜け出せないほどに広くはないだろう。

花琳は竹林の隙間から黒い空を見上げて小さく舌打ちした。

隙間から月でも見えれば、追いかけはじめてどれくらい経ったか分かるのに、今日は生憎の新月。星は竹の葉に遮られ、見えたり隠れたりしていて当てにならない。

（それに……）

まずい、と本能が警告する。それから、思い出してはっとした。この匂い、この香りは――

「おや、思わぬ収穫ですね」

背後から男の声がして、花琳は小さく悲鳴を上げた。ばっと音が立つ勢いで振り返れば、背後に立っているのは線の細い青年だ。宦官の装束を着て、髪を結っている。

一見した限り、何の変哲もないただの宦官。だが、いまここで姿を見せたこと自体が雄弁に彼の正体を物語っていた。

「……おまえが、屍鬼術を操っている道士だな？」

「おや、こわい。そんなに睨んでは、可愛い顔が台無しですよ」

くすくす、と笑う男の声。それと同時に、ふわ、と視界の端で披帛が揺れて、花琳の意識が男から逸れた。その姿を確認して、目を見開き大声で叫ぶ。

「なっ……め、美雨……⁉」

くすくすと笑う声がする。おいで、と囁く声に従って、薄青の襦裙と披帛を身に着けた美雨がゆっくりと男に近づいた。

（誘《おび》き出された……？　でも、なぜ私を……？　狙いは皇太子殿下ではないの……？）

いいや、そもそも美雨はなぜここにいて、なぜそんな格好で、そしてその男の言うことを聞いているのか。はっとして思わずその顔をもう一度確認する。

だが、白目の部分も赤くはなっていない。屍鬼術ではない。

「お優しいことですね。ただの暗示です、問題ない」

「っ、おまえ、何者なの」

花琳の問いに、男はくっと口の端をつり上げて笑った。

「お気づきでしょう？　私の名は、羅俊熙。国一番の道士と——これから呼ばれる男ですよ」

「なに、を……」

男——俊熙の声は場違いに明るかった。いや、どちらかといえば浮かれていると言っていいだろう。

（こいつが、異母兄《にい》さまを……師匠を攫った……？）

言っては悪いが、それほど力のある道士には見えない。どちらかといえば何の力も持たない優男の部類である。

道術でも暗示など初歩の初歩――のはずだ。生憎、花琳は扱ったことはないが、教本ではその存在を知っている。

だが、その一方で、美雨がまったくこちらに――花琳に意識を向けないことも気にはなった。普通、暗示など些細な衝撃で切れてしまい、元に戻ってしまうものなのに。

その美雨に手を伸ばした男が、ちらりとこちらに視線を向ける。わかるでしょう、とでも言いたげなその顔に、ぎりりと花琳は奥歯を噛んだ。

どうして、一人で後を追ってきてしまったのだろう。どうして哉藍に知らせに行かなかったのだろう。

「……私に、どうしろというの」

「簡単なことですよ。ただ私に付いてきてくれさえすればいい。……心配ですか？大丈夫、なんならこの女は、この場で解放してもいいですよ」

くすりと笑う顔に、また背筋に悪寒が走る。思わず反発したくなるが、花琳はぎりぎりのところでそれを堪えた。

（師匠のところに案内させなきゃ……）

ごくりとつばを飲み込むと、花琳は俊熙の言葉に頷いた。

第五章　天命

花琳が連れてこられたのは、後宮の端に位置する殿舎であった。暗いためよくわからないが、人の気配がしないところを見ると寝静まっていると言うよりも誰もいないというのが正解だろう。

鼻先をよどんだ水の匂いがついて、思わず口元を押さえたが、彼は気にした風もなかった。

「こちらへ」

花琳がおとなしくついてくることを疑ってもいないのだろう。いや、警戒する必要もないと思われているのかも知れない。ばかにして、と固く閉ざされた門に手をかけてぐっと体重を込める俊煕の後ろから、蹴りの一つでもいれてやりたくなる。

だが、その衝動を花琳は懸命に押し殺した。そのために爪が皮膚に食い込みそうなほど、ぐっと拳に力を込める。

――この先に、桜綾がいるはずだから。だから、我慢しなければ。

そんな花琳にチラリと視線を向けた俊煕は、小さく鼻で笑うと口を開いた。

「そんなに手を握りしめると、爪が刺さってしまいますよ」

「お気遣いどうも」

ぎり、と奥歯を噛み顔をしかめてそう返答した花琳に向かって、小馬鹿にしたように鼻を鳴らした俊熙は、開いた門からその中へためらうことなく入っていく。その後ろを、花琳はいささか荒い歩調でついて行った。

通された部屋の中には、うっすらとほこりを被った家具が置かれている。それから一瞬、むっとするほどに強い香の匂いがした。あの札に残されていた匂いと同じものだ。

机も榻もしっかりした品らしく、さっと表面を撫でるとつやのある木目が顔を出す。

(どなたがお住まいだったのかしら……)

ぱん、と手を打って指先についたほこりを振り払うと、花琳は一瞬だけそんなことを考えた。が、すぐに首を振ってその考えを振り払う。

ここに昔誰が住んでいたかとか、なぜ俊熙がここを根城にしているのかとか、そういうことを考えるのは後回しだ。

「――師匠はどこ」

「せっかちですね、星見の娘」

俊熙の言葉に、花琳の肩がピクリと揺れた。

(……こいつ、何を知っているの?)

自分でさえ知らなかった、星見の力。それについて、哉藍も劉帆も――おそらく桜綾も、花琳に教えてくれた以上に知っていることがあるはずなのに、それを口にしようとしない。

もしかしたら、と花琳は少しだけ俊熙に警戒の視線を向けた。

(狙われていたのは、私なの……?)

それに思い至って、花琳はぞくりと背筋が粟立つのを感じた。

確かに、花琳は自分が狙われるようにという意図を持って皇太子の寵姫のふりを始めた。だから、ここまで俊熙についてきたのは師匠の居所を探るためというのももちろんあるが、役割通りに動いた結果だともいえる。

だが、狙いが「自分自身」であるとは考えてもみなかった。

狙われる心当たりは一つだけ。俊熙も口にした「星見」としての力だ。けれど、過去視しかしたことのない花琳には、それがどれほどのものなのか理解ができない。だからこそ、これから何が起きるかも分からないという急な恐怖に身がすくむ。

顔色が青くなった花琳を見て、俊熙が口元をゆがめた。

「何も聞かされていない……何も知らないのですね、黎花琳」

「なにも、って……」

嘲るような俊熙の言葉に反論しようとして花琳は口ごもった。確かにその通りなのだ。

計画を立ててはみても、結局は守ってくれている存在に頼りきりで何も知らず、何もできていない。だからこそ、焦燥にせき立てられるかのように、ここまで来てしまった。

きゅっと唇をかみしめた花琳の周囲で、桃に似た甘い香りが強くなる。

それと同時に俊熙の言葉が頭の中をくるくると回り、妙な息苦しさが襲ってきた。

「教えてあげましょうか、すべて。あなたの力のことも、お兄さんのことも……私の目的がなんなのかも」

そうだ、異母兄のことを。

ゆらゆら揺れる視界の端に、兄の姿が見えたような気がした。口の中がからからに乾いてきて、喉がヒリヒリする。

ごほ、と小さく咳き込んだ花琳の目の前に湯呑みが差し出された。

「どうぞ。楽になりますよ」

誰の声なのか、考えるのも億劫だった。めまいがするし、立っているのもやっとだし——それにひどく喉が渇いて、話さなければならないことがあるはずなのに声が出ない。

湯呑みからは、甘ったるい匂いがした。口に少しだけ含んだそれは、桃に似た味わいのとろりとした液体だ。

おいしい、と一口。

そこへ、静かな声が語り始める。

「あなたのお母様が、星見の一族の生き残りだという話は聞きましたか？　では、なぜ星見の一族が元いた場所を追われ――それほど数を減らすに至ったのかは？」

「……え？」

ぼんやりと視線をあげると、俊熙がほの暗い笑みを浮かべてじっと花琳を見つめている。魅入られたようにしてその瞳を見つめ返すと、花琳は静かに首を振った。

「知らない……何も、何も……」

「そうでしょうね。知っていれば、みすみす……ふふ、まあいいでしょう。せっかくですから、自分の価値を知ってから――というのも悪くない。私の絶望を、思い知らせる意味でもね」

「ぜつ……？」

「いえ」

剣呑な光を帯びた瞳が、つと逸らされる。なんだか息苦しさを感じて、また手元の湯呑みから一口、甘い液体を飲み込んだ。そうすると、息苦しさから解放されるような気がしてほっと息を吐く。

「星見の一族の力は、大きく二つ。過去視と未来視に代表される【星見】と、もう一つはその血肉に宿るとされる【叶え】の力です」

「……叶え？」

「ええ、そうです。手に入れさえすれば、どんな望みも叶うという力。ただし――その血肉を捧げなければ発動されない力です。その力を求めて、あなたの一族はどんどん狩られ、その数を減らしていった」

俊熙が淡々と語ったのは、あまりにもおぞましく悲惨な一族の末路だ。だが、それを聞く花琳の視線はうつろで、ただぼんやりとそれを聞くのみ。

明らかに様子のおかしな花琳を前に、しかし俊熙はまったくかまうことなく話を続けた。

「その数少ない生き残りが、あなたの母君というわけですよ。まあ……純血の星見の一族ではないといえ、あなたも多少は力があるようだ。おそらくは【叶え】の力も受け継いでいるはず」

「わか、らない……」

ゆっくりと首を振る花琳に、俊熙がゆっくりと手を伸ばした。それに怯えたように、ひくりと小さく肩が揺れる。手にした湯呑みも同じように揺れて、中からちゃぷんと小さな水音がした。

だが、それに一切かまうことなく、俊熙の手はまっすぐに、花琳の首元に伸ばされていた。袖口に仕込んであったのか、細く鋭い刃がその手に握られている。

うっすらと首筋にその刃が当てられて、わずかに血がにじんだ。

「あなたには、恨みはないのですけれど……劉帆には、一矢報いてやれそうだ」

「殿下……？」

あ、と小さく花琳が呟く。一瞬だけその瞳に光が戻って、それから唇がその名を紡いだ。

「哉藍さま……」

「ん、なっ……⁉」

途端に、部屋の中に光が満ちる。花琳を中心に風が渦巻き、俊熙は跳ね飛ばされて小さく呻いた。

◇◇◇

異変を感じて駆けつけたときには、既に花琳の部屋はもぬけの殻だった。めくれあがった衵褥《ふとん》に手を当ててみると、人肌の暖かさは残っていない。

「花琳……！」

部屋を出てから相当の時間がたってしまっているのだろう。ち、と小さく舌打ちすると、哉藍は踵《きびす》を返し逸る気持ちを押し殺してそっと部屋から出た。

目を閉じ、あたりに気を巡らせてみても、花琳の気配はこの天穹殿から感じられない。焦っても仕方がないと自分に言い聞かせても到底無理な話だった。

(あれほど気をつけろと言われていたのに)

じっと暗闇に目をこらす。何か痕跡が見つからないかと見回す視界の端に、何かがゆらりと翻るのが見えた。

ちり、と眼の奥が痛む。一瞬ぎゅっと目を閉じて、それから再び目を開けば、先ほどよりも視界が明瞭に、そうして翻ったのが青白い披帛だということが見て取れた。

どくり、と大きく心臓が波打つ。あの日視た、あの——雹華の亡霊と、そっくり同じだ。

緊張に渇いた喉を無理矢理につばで潤して、哉藍は一歩踏み出した。状況から見て、おそらく花琳もあの——亡霊を視ているはずだ。

ちりちりと痛む眼をこらして、哉藍は走り出した。桜綾の忠告が脳裏をよぎるが、今は力を出し惜しみしていていい場合ではない。

(必ず守ると約束したのだから)

後宮に入る前にも、囮になると言ったときにも、自分はそう約束した。そのときの花琳の表情を思い出して、哉藍は胸を押さえる。

どこか憂いのある笑顔だった。けれど、希望を捨てているわけではないように思えた。それこそ、小さくきらめく星のような。

（星見の一族か……）

近づいたり遠ざかったりする青白い披帛を追いながら、哉藍は小さく呟いた。

「どうでもいいことだ」

すっと息を吸い込み、細く吐き出す。ぱらりと髪を結っていた紐がほどけ、その先からちりちりとした感覚が広がった。

みるみるうちに黒かった髪が紅く染まり、金の瞳があたりを睥睨する。ざわりと音を立てて木々が揺れ、まっすぐに道が開ける。その先にくだんの亡霊が佇んでいた。

いや、眼を解放した今ならばそれがまがい物であることが容易に見て取れる。ずきりと痛む頭を押さえて、哉藍は腕を伸ばし、その人物に触れた。

腕をつかんで引き寄せた、その女の顔を見てはっとする。

「侍女の……確か、美雨だったか……」

「い、いやっ……誰！　こ、ここは……どうして、俊熙さま……!?」

確か、笙鈴から借り受けた侍女のはずだ。その彼女がどうして、と思ったところで何がきっかけになったのか彼女は突然怯え、叫びだした。

その声を聞いて、哉藍は目を見開いた。そうだ、この声、どこかで聞いたことがあるとずっと思っていた。

「……おぬし、あの時の女官か……！」

「いやっ……」

ばたばたと暴れる彼女から事情を聞こうとしたとき、ずきりと頭の奥が割れるように痛んだ。ぐ、と歯を食いしばる。だが、彼女の腕をつかんでいた指からは力が抜けてしまい、これ幸いとばかりに美雨は哉藍の腕を振り払って逃げていく。

だが、それを追う余裕は哉藍にはなかった。がくりと膝が落ち、全身の毛が逆立つような感覚に支配される。

（まずい……！）

このままでは、暴走を引き起こしてしまう。桜綾の忠告が再び頭によみがえって、哉藍はぎゅっと目を閉じた。

『おまえは力が強すぎるんだ。やすやすと力を使おうとするな、暴走すれば戻れなくなるぞ』

その忠告を無視した形になるのは二度目だった。だが――

（花琳……！）

守らなければならないのだ。そう約束したのだから。そうしたいと、自分が願ったのだから。

なんとか力を制御しようと息を整える。頭の痛みを堪えて開いた瞳、その視線の先に薄桃色の披帛がふわりと落ちた。

（これは……）

後宮に入る前、哉藍の邸で花琳にあわせたあの披帛だ、と気づく。では、ここを彼女は通ったのか、なぜここに披帛だけが落ちているのか。

夢中で腕を伸ばしてそれをつかんだ瞬間、哉藍の頭の中でばちんと何かが弾けた。

——花琳が、自分を呼ぶ声がする。

カッと赤と金を混ぜ合わせたような閃光があたりを照らし、それが静まったとき、その場にはもう何事もなかったように揺れる木だけが残っていた。


「……花琳……！」

気づけば、そこはどこかの室内だった。榻に腰掛けているのは、先ほどまで探していた相手、花琳だ。

だが、どうにも様子がおかしい。突然現れた哉藍に反応を示すでもなくぼんやりと中を見つめ、その首筋からは。

「な、ふぁ、花琳……⁉　これは一体、うっ……」

鼻をつく匂いに、哉藍は顔をしかめた。もとより痛みを訴えていた頭、眼の奥が余計にずきずきしてくる。

甘ったるい桃の匂い。腐りかけた果実特有の匂いだ。

一体ここで何があったのか。よろよろと花琳に近づき、哉藍は焦点の合わない彼女の瞳をのぞき込むとその肩を揺すった。

「おい、花琳……しっかりしろ、ここで何が」

「やかましいですね……」

返答は、思わぬ方角からもたらされた。今の哉藍には、耳にするだけでも悪意が分かる、耳障りな声で。

勢いよく振り返ると、そこには線の細い、不健康そうにも見える青年と——赤い眼をした俊豪の姿がある。

その姿に、哉藍は息を呑んだ。

「俊豪……」

桜綾から聞いていたとおりだ。過日の俊豪の屈託のない笑顔を思い出すと、哉藍の胸はひどく痛んだ。

それと同時に、その俊豪の存在は隣にいる男が何者なのかを教えてくれる。この男こそ、俊豪を殺害した上で屍鬼術にて鬼に貶めた道士なのだろう。

美雨が確か、名を言っていたはずだ。

「おまえが、俊熙とかいう男か」

「ふん……美雨か、お喋りな女だな……」

そう言いながらも、俊熙の表情は変わらない。おそらく、どうでもいいのだ。哉藍が彼の名前を知っていようと、それを誰から聞いていようと。

美雨からその名を聞いたはず、と悟っても彼女がどうなったのか聞きもしないあたりに、俊熙の真意が透けて見えた。

「紅哉藍、か。皇太子の双子の弟、みそっかす皇子だと思っていたが、その髪、その瞳……どうやらうまく秘匿されていたようだな」

「ふん……よくも見分けがつくものだ。……ん？　おぬし……俊熙？　羅家の、確か……いや、そんな、年回りが合わないだろう……」

おぼろげな記憶に眼を細めたが、どうにもはっきりと思い出せない。だが、思い当たる人物の記憶はもっと年上だったはずだ。今目の前にいる男は、当時の記憶にある青年とさほど変わらない年格好に見える。

首をかしげたが、俊熙はただ小さく「へえ」と呟いただけだった。

その、へらりと人を食ったように笑う俊熙の態度にいらだちが募る。だが、まずは状況把握が先だ。

花琳は様子がおかしい上に、あちらには屍鬼となった俊豪がいる。おまけに、桜綾を人質に取られたままだ。

幸いなのは、花琳が自分に近い位置にいることだ。それから、胸騒ぎがしたために太刀を帯びてきたこと。

頭の痛みを堪え、哉藍は俊熙を睨み付けた。

「花琳に何をした」

「残念ながら、まだ、なにも」

人を食ったような返答に、また苛立ちが大きくなる。だが、ここで乗せられては思うつぼだ。自身の不調を悟られないよう、どうにか平静な表情を保つ。

太刀に手をかけると、俊熙は軽く肩をすくめ首を振った。

「本当ですよ。まあ、すこしばかり術が効きやすくなる薬を飲んでいただきましたけど」

「おまえ……！」

カッと眼の奥が熱くなる。感情の高ぶりを制御することができず、ぴしりと壁に亀裂が走った。鞘から抜かれた太刀が、俊熙めがけ肉薄する。

だが、俊熙はその一撃を紙一重で交わすと背後に控えていた俊豪に命じた。

「守れ」

俊豪は表情一つ動かさず、その命に従ってかつての主筋である哉藍の前に出た。ぐ、と哉藍が息を呑み、ギリギリのところで太刀を止める。ほっと息をついた瞬間、俊豪の容赦ない打撃が哉藍に打ち込まれた。

衝撃に声も出ない。尋常ではない膂力で吹き飛ばされて、背後の壁に激突する。おそらく、哉藍でなければこの一撃で内臓を損傷してもおかしくはなかった。

今の哉藍は龍脈から力を得、常人ではあり得ない強靱な肉体になっている。だが、それをもってしても、屍鬼と化した俊豪の一撃は重かった。

「ぐ、俊豪……」

こちらを見下ろす俊豪の顔には、やはり何の表情も浮かんではいない。ただ無表情に、濁った赤い目で見ている。いや、本当に見えているのかどうか。

相手は死人だ。魂はすでになく、魄を支配されて術士の命に従い動くだけの人形といってもいい。身体を斬って支配を断ち切ることこそが救いではあるだろう。

だが、仮にも一時は志を共にした――苦しい時期の劉帆を共に支えた仲間だと思うと、どうしても手を出すのがためらわれてしまう。

ましてや、花琳にとってはずっと探していた異母兄なのだ。薬のせいでほとんど周囲の状況を把握していないとはいえ、今はその目の前だと思えば余計にその思いは強くなる。

それを利用されているのだとわかっていても、だ。

哉藍はぐっと拳を握りしめると、背中を打った痛みを堪えてどうにか立ち上がった。

そこへ、ひゅん、と風を切る音がして今度は蹴りが飛んでくる。どうにか紙一重でそれをかわし、反射的にこちらからも打撃を繰り出す。

だが、俊豪はそれをあっさりと受け流すと、流れるように回し蹴りを見舞ってきた。慌ててそれを両腕を交差させて防ぐと、俊豪はそれを予見していたように後ろに飛び退く。そんな攻防を二、三度も繰り返しただろうか。

頭がぐらぐらする。目の奥もじりじりと焼け付くようだ。相手は屍鬼だけにまったく疲労した様子もないが、哉藍は息を切らし、したたる汗を拭った。

（もとは、武芸の心得もない文官だったのにな、俊豪……！）

皮肉にも、屍鬼となったことで身体の限界まで動かせるようになっている。常々哉藍の鍛錬を見てはうらやましげにしていた俊豪を思い出し、哉藍は小さくため息をついた。

何があっても、今倒れるわけにはいかない。

「俊豪、おまえ、わからないのか……？　俺はともかく、あそこにいるのはおまえの異母妹だろうが……！」

だが、その言葉が届かないことを哉藍は知っていた。魂がないのだ、彼には、もう。

ごくり、とつばを飲み込む。もう、やるしかないだろう。このまま自分が負ければ、俊豪は自らのかわいがっていた異母妹を害する手伝いをすることになるのだ。

そうなるくらいなら、いっそ。

覚悟を決めた哉藍は、腰に佩いた太刀に手をかける。わずかに俊熙が驚く気配がして、口を開きかけるのが視界の端に見えた。だが、それよりも哉藍の動きのほうが早い。

背後から物音がしたような気がするが、既にそれを気にする余裕などなかった。

太刀を抜くと同時に、踏み出した一歩が俊豪の間合いに踏み込む。

「俊豪……すまない……！」

紅と金の光を帯びた太刀が振り上げられ、一撃で首を落とすべく振り下ろされる。

その瞬間、無表情だった俊豪が微笑んだような、気がした。

◇◇◇

気づいたときには、目の前で紅い髪の青年が屍鬼と対峙していた。無表情に攻撃を仕掛けてくるその姿は、花琳にとって探し求めていた人物。

（俊豪異母兄《にい》さま……！）

息を殺して、花琳は心の中でそう呼びかける。

鍛錬をしているところなど見たこともないのに、なぜか流れるような体捌きで回し蹴りを繰り出した異母兄の姿。ちらりと見えたその瞳は、赤く濁った色をしていた。

過去視ですでに視ていたこととはいえ、現実にそれをつきつけられると心がじくじく痛む。だが、花琳は識《し》っていた。

（もう、あれは異母兄《にい》さまじゃない……）

魂と魄と、その両方が揃っていてこそ、人は人として成り立っている。魂を無くした俊豪は、既に人ではなく——鬼、だ。

（せめて……安らかな眠りを……）

花琳にできることは、もうそれしかない。ぎゅっと目を閉じて、たった一つだけ桜綾から教わった印を組む。

その間にも、哉藍は懸命に屍鬼となった俊豪に語りかけているようだった。必死な、どこか懇願に似た響きの宿るその声に、彼の優しさを感じて心が痛む。

（ごめんなさい……）

巻き込んでしまって。

その言葉だけは飲み込んで、そっと目を閉じる。

瞬間、紅と金の光が周囲に満ちたのが分かった——と、同時に花琳の唇がまじないの言葉を紡ぐ。

「……急急如意令」

締めくくりの言葉と、どさりと重たい者が落ちる音と。

どちらが早かったのかは正直なところ分からない。だが、花琳が目を開けたとき、胴から首が落ち、淡く光るのが見えた。やがて形が保てなくなったのか、さらりとその身体が崩れ落ちてゆく。

（異母兄《にい》さま……ごめんなさい、どうか安らかに……）

最後にもう一度、しっかりとその姿を目に焼き付ける。最後に視た俊豪の顔は、どこか安らいで見えた。

「……っ、花琳」

「哉藍、さま……」

俊豪を見送ったあと、しばしの間沈黙が室内を支配していた。その沈黙を先に破ったのは哉藍だ。

どこか遠慮がちな――弱々しい彼の声にはっとして花琳が顔を上げるのと、哉藍が膝をつくのは同時だった。

「せ、哉藍さま……っ！」

慌てて駆け寄り、彼の手を取る。途端、哉藍は花琳にしがみつくようにして倒れ込んだ。その身体の冷たさにひゅっと息を呑んだ花琳に、切れ切れに絞り出したような声で哉藍が言う。

「離れるな……俺が、守る……」

「そ、そんな場合じゃ……！」

触れた肌はじっとりと汗ばんでいて、呼吸が浅い。それなのに、身体が冷え切っていて――花琳ははっと顔をこわばらせた。

この症状、桜綾から聞いたことがある。体内の「気」が一気に消費され、生命維持活動が困難になっているのだ。

「哉藍さま、しっかりして……！　哉藍さま、哉藍さま……っ！」

必死で呼びかけるが、応えはない。ただ、しっかりと花琳の身体を抱きしめた腕は離れず、体重を預けられた花琳はぺたりとその場に座り込んだ。

（だめ……このままじゃ、哉藍さまが死んでしまう……）

「くそ、最後まで邪魔を……！」

小さく罵声を漏らした俊熙が、ばたばたと部屋から出て行く足音がする。本当ならば、追いかけて彼を捕まえなければいけない。だが。

――俊熙の気配が部屋から消えたことに気づいたわけではないだろうが、花琳にしがみついていた哉藍の腕からとうとう力が抜ける。息が細くなって、今にも止まりそうだ。

哉藍の身体を床に横たえて、花琳はごくりとつばを飲み込んだ。

「解決法は、息吹を吹き込むしかない、のよね……」

汗で張り付いた紅の髪をそっと払いのける。端正な顔は青白く、もはや死人に近い様相だ。迷っている時間はなかった。

「うまくいきますように……！」

すうっと大きく息を吸い込むと、花琳は哉藍の唇に自分のものをあわせた。

◇◇◇

「くそっ……！」

俊熙は部屋から飛び出すと、悪態をつきながら奥の間へと向かって走り出した。そこには、彼にとって命よりも大切なものがある。

俊豪を――俊熙にとって唯一成功した屍鬼術の被検体を失った今となっては、体勢を立て直さなくてはならない。せめて、手元に置いておきたいそれだけは、との思いで必死に駆けて、駆けて。

「……俊熙」

「……游、桜綾……っ」

ばたんと朱塗りの扉を開いた先で、俊熙を待ち受けていたのは、簡素な棺の横に立ち、哀れみの表情を浮かべた桜綾だった。

その棺の蓋が半分ほどずらされているのに気付き、俊熙の頭にかっと血が上る。

「きさま……っ」

「……これが、おぬしの理由か、俊熙」

声を荒げた俊熙をひたと見据え、桜綾が口を開いた。その声音は俊熙とは対照的に静かで、悲哀に満ちたもの。

俊熙はそのことに更なる苛立ちを掻き立てられ、ぎりりと桜綾を睨みつけた。だが、俊豪の姿を見せつけることで動揺を誘い、そこを捕らえることのできた前回とは違い、冷静になった桜綾は一筋縄ではいかないだろう。

自分が彼女の父の弟子であった時分から、力量には大きな差があった。しかし、それでも。

(どうにかして、棺から游桜綾を遠ざけねば……)

細く息を吐き、俊熙は冷静さを取り戻そうとした。頭に血が上ったままで、敵う相手ではない。ぐっと奥歯を噛み、拳を握って激情を堪える。

どうにか余裕を見せようと、俊熙は静かに口を開いた。

「よく、あの部屋から出られたな」

「さすが父上の弟子だっただけのことはある。術を破るのには少々苦労したが……まあこれでも、一応本家の人間だからな」

首を軽く振り、ため息交じりにそう答えると、桜綾は手のひらを上に向け、ふっとそこに息を吹きかけて見せた。そこから小さな薄紅の花びらが数枚ひらりと舞い、一瞬意識がそちらに奪われる。

はっとした時にはもう、目の前に彼女の姿があった。

「……っ」

反射的に手刀を振り上げ、横薙ぎに払おうとする。だがその手は、桜綾によってやすやすと押さえ込まれてしまった。

まるで女のものとは思えないほどの膂力に、俊熙の額に汗が滲む。

「奥から妙な術の気配がすると思い、様子を見るつもりでここまで来たが……俊熙、これを、おぬしは」

「……おまえに何が分かる、游桜綾」

咎めるような彼女の声音に神経を逆なでられて、俊熙の口からは低く、唸るような声が出た。食いしばった歯の奥から、荒い息が漏れる。

「お抱え道士である羅一族に産まれたとはいえ、末端の身であること……それがどれだけ口惜しかったことか。游本家の娘でありながら破戒の生活を送るおまえに、私の気持ちなどわかりはしない……！」

「だから外法に手を染めたと……？」

「うるさいっ……！」

ばっ、と両手で桜綾を突き飛ばし、俊熙は大きく首を振った。それから棺に駆け寄り、蓋を閉め直そうとする。がたがたと大きな音が鳴り、中に詰められた白い花が幾つか飛び出した。

地に落ちると同時に、それらは生気を失い、萎れて――そして、さらさらと風化していく。棺の中の時だけを封じ込める術式による、反動だ。

その光景に、桜綾が息を呑んだ。

「俊熙……これは……っ！」

「星見の血さえ手に入れられれば、全てうまくいくはずだったんだ……おまえたちが邪魔さえしなければ、今頃はっ……！」

棺から出しさえしなければ、このまま時を保てる。

覆い被さるようにして棺を守りながら、俊熙は喚いた。どうにかしてこの中身だけは死守しなければならない。

だが――実際、桜綾の隙をついてこの場から棺を持ち去ることは不可能に近かった。かといって、これをおいていくことなどできない。

「……諦めろ、羅俊煕。ここでおぬしを見逃してやることも、その棺をそのままにしておくこともできない」

桜綾の宣告は、やけに冷たくその場に響いた。目の奥が熱くなり、肩が震える。

ぽたり、と棺の上に水滴が落ち、それが一つ二つと増えていく。それを、俊煕はどこか不思議な気持ちで見つめた。

もう、そんな感情など、どこかへ捨てたと思っていたのに。

「もう、解放しておやり……それが本来正しい、あるべき姿であると、本当はおぬしにもわかっているのだろう。歪んだ時の中に引き入れることは、決して彼女にとって幸せではない」

「……っ」

棺の上で拳を握り締め、俊煕は歯を食いしばった。自分でも本当はわかっていた現実。

だがそれでもなお、諦めきれないひとだったのだ。

「――……しゅ……」

思いの丈を込めた言葉は、音にならず消えていく。

その場にはただ、俊煕の慟哭だけが悲しく響いていた。

◇◇◇

「それで、俊熙はすべて自白したのですか？」

「ん、まあな……。これ、花琳、薬草を一つ入れ忘れているぞ、これもすり潰して」

「あ、は、はい」

ごりごりと乳鉢に入れた緑の葉をすりこぎですり潰しながら、花琳は額の汗を拭った。その隣で涼しい顔で盃を傾けているのは桜綾だ。師匠に向けて若干恨めしげな視線を向けた花琳だったが、細めた目を向けられて慌てて手元の乳鉢に視線を戻す。

そうして、はあ、と小さくため息をついた。

俊熙の自供により、燕徳妃とその父である吏部尚書が劉帆、哉藍の母の死に関与していることが明らかとなった。

当然、二人は容疑を否認。俊熙のことなど名を聞いたこともないと突っぱねたのだというが、俊熙がとっておいた印入りの文が証拠となったらしい。

「しかし、俊熙はなぜ……？」

「……雹華公主だ」

花琳の疑問に、桜綾は苦笑してそう答えた。

奥の間にあった棺、そこに眠っていたのは――死亡した時のままの姿を保った雹華だったのだ。

元々、俊熙は燕徳妃が野望を成就させた暁には、雹華公主を降嫁させてもらう予定だったのだという。しかし、そのためには身分が足りず、それを補うために国内でも随一の道士となる必要があった。

游家に弟子入りしていたのはその一環で、桜綾の婿となるのを断ったのはそういった理由からであったらしい。

そう言って肩をすくめた桜綾は、少し陰りのある瞳で空を見上げた。

「雹華公主は――俊熙の言によれば、俊豪に惹かれていた。いくら俊熙が願っても、万が一雹華公主が俊豪へ降嫁すれば、自分の望みが潰えてしまう……だから、殺したと」

あげく、その身を鬼に堕とした。

続けられなかった桜綾の言葉を脳裏で補完して、花琳は唇を噛む。

「俊熙がおまえを狙ったのは、星見の「血」があれば雹華公主を生き返らせられる、と信じていたからだそうだ」

「えっ……？」

突然の言葉に、思わずぽかんとした表情を浮かべた花琳だったが、その意味を理解したのかぎゅっと身体を抱きしめると小さく息を吐いた。

（本当に……？　私の血に、そんな力が……？）

まったく、自分でも未だ扱えない星見の力。聞かされた話によれば、花琳の母は星見の一族の中でも「巫女」の直系だったという。そのお陰か直感には優れていたが、力は全くといっていいほどなかった。

花琳は先祖返りなのか力が強く、そのことで母親は桜綾にいろいろと相談をし、自分の亡き後のことを託していたのだという。

「実際には眉唾物の話だがね、俊熙はもう……それに縋るしかなかったのさ」

ごり、と乳鉢とすりこぎが嫌な音を立て、花琳ははっと手元に目をやる。すり潰された緑の葉と、そこから染み出した汁の匂いがつんと鼻をついた。その苦さが目にしみる。

じわりと涙があふれたのは、だからそのせいだ。

俊熙の絶望も、雹華の恋も、俊豪の死も。

花琳の力でどうなるものでもなく、そもそも、どうにかしていいものでもない。

覆水盆に返らず、という。

「すべて、天命だ」

まるで独り言のように桜綾は呟いて、花琳を振り仰いだ。

「さて、薬湯はできたかい？　できたのなら、もっていっておやり」

「え、ええ……?」

つんとした匂いのするすり潰した薬草を、清潔な手巾で絞る。これが最後の手順だ。搾った汁を慎重に注ぎ入れながらかき混ぜると、どろりとした、少し茶色みを帯びた薬湯が完成した。

これをもっていかなければならない相手を脳裏に描いて、花琳がうめき声を上げる。

「そ、その……わ、わたし……いや、その……師匠、お願いしますう……!」

「馬に蹴られろっていうのかい? 師匠たる私に?」

「だ、だってぇ……」

情けない悲鳴じみた声を上げた花琳は、縋るように桜綾を見た。だが、肝心の桜綾はどこか面白そうな表情を浮かべてこちらを見ているばかりだ。

「首を長くして待っているぞ、哉藍が」

「う、うう……」

待っているから問題なのだ。思わず唇に手をやってしまい、すっと撫でた感触であの日のことを思い出してしまう。

(あ、あれは……あれは応急手当で……!)

だが、唇を合わせたのは事実だ。それによって、哉藍が命をつないだことも。

だが、あれは俗に「気吹き」と呼ばれる、気を使いすぎた術者への手当であって、そこには何の意図もなかった。だというのに――！

（哉藍さまったら……）

　駆けつけた武官達の手で自室に運ばれた哉藍が目を覚ましたのは、翌朝のこと。様子を見に行った花琳は、その場で熱烈な求婚を受ける羽目になったのだ。

　しかも、衆人環視の中で。口づけの――いや、あれはあくまで手当だったのだが――事実までばらされて。

　それ以来、面白がった桜綾と――弟に激甘の劉帆は、すっかり哉藍の味方だ。

「なんだ、嫌か？　哉藍が嫌い？」

「そうじゃないから困ってるんですよお……」

　そう。花琳とて、哉藍のことは好ましく思っている。けれど、問題は――彼が皇太子の弟、つまりは皇族で、元下級貴族の自分とでは、釣り合わないことだ。

　はあ、と小さくため息をついたとき、かたんと小さな物音がした。小さく笑った桜綾が、からかうように声をかける。

「――盗み聞きとは、行儀が悪いぞ」

「いや――そんなつもりは……」

　背後から聞こえた声に、ぎくり、と花琳の背がこわばった。少しかすれた低音は、ここのところ毎日聞いている声で。

「い、いやっ……そ、そのっ……」

真っ赤になった顔をどうにかして隠そうと、頬を手で押さえる花琳。そんな彼女にそっと近づいていく哉藍を横目に見て、桜綾は酒の入った盃を手にその場をあとにする。

「花琳……」

「いやはや、これも天命か……」

桃がひときわ強い芳香を放っている。

その桃園の中で、飛び跳ねるようにして桃をねだる笙鈴と、手を伸ばしてもいでやる劉帆の姿が小さく見える。

すべて、おさまるようにおさまるのだ。

小さく肩をすくめ、桜綾は鼻歌交じりに歩き出した。

番外編　月明かりの下で

開け放った窓から見えるのは、天高く澄んだ青い空。

そこから入ってくる空気は以前よりも清涼感を増し、庭の木々はすっかり色づいている。はらりと木の葉が舞うのが視界の端に映り、花琳は小さく息を吐き出した。

窓枠にもたれかかり、なんとはなしに外を眺める。さすが、皇太子のおわす天穹殿だけあって、庭は美しく整えられており、見応えがあった。

あの事件からふた月が過ぎ、後宮はすっかり平穏を取り戻しつつある。だが、花琳はここ天穹殿に留め置かれたままだ。

その原因とも言える人物の姿が脳裏に浮かび、花琳は慌てて首を振ってそれをかき消した。ふう、とため息を漏らすと、再びこてんと窓枠に頭を乗せる。

「涼しくなったなぁ……」

「そうだな」

なんとなくぼんやりと、独り言のつもりで口にした言葉に返答があって、花琳は目を丸くした。慌てて窓から顔を出し、きょろきょろと周囲を見まわすと、すぐそこに濃紺の袍をまとった黒髪の青年の姿がある。

「せっ、哉藍様……⁉」

「驚かせてしまったか」

さきほどぼんやりと思い描いていたその人の登場に、思わず声が裏返ってしまう。

慌てて立ち上がろうとした花琳を制し、哉藍はにこりと微笑むと袂に手を差し込んだ。そこから袋を一つ取り出すと、花琳の方へ掲げてみせる。

「菓子を持ってきた。茶でも淹れてくれないか」

「へ、あ……はい！」

どうぞ、と部屋の中へと招き入れると、哉藍は勝手知ったるといった調子で榻にゆったりと腰を下ろした。

その姿は、実を言えばここひと月ほどですっかり見慣れたものではある。

あれからしばらくは、気の使いすぎによる衰弱であまり出歩けなかった哉藍だったが、快復して元の生活に戻るとすぐに、毎日のように花琳のもとを訪れるようになったのだ。

皇太子の双子の弟である彼が花琳に求婚していることは、ここ天穹殿では周知の事実。もちろん、それを受けたわけではないが——花琳とて、哉藍を憎からず想っていることは否定できないし、彼もまたそれを知っている。ただ、自らの出自がひっかかり、彼の申し出に頷けずにいるのだけれども。

そんな彼女の心情を慮ってくれているのか、はたまたあまりの性急さを誰かに指摘されでもしたのか。哉藍は返答を急かすことなく、ただこうして連日花琳の元を訪れるだけに留めてくれている。

ただ――

（どうしてそこまでしてくださるのかな……）

彼がこうして会いにきてくれること、それ自体は嬉しい。二人でささやかに茶を飲んで、とりとめもない話に興じるだけだが、ふとした折に見せてくれる微笑みや甘さを含んだ視線に、心が躍るのは止められない。

けれど、どうして自分のような何の取り柄もない人間を見初めてくれたのか、を思うと不安になってしまう。

（それは、もしかしたら私が……）

ぼんやりと脳裏に過《よぎ》る不安を見て見ぬ振りで、花琳は茶壺に湯を注ぎ、しばらく待った。頃合いを見て茶海に移し、それを白磁の茶杯に淹れる。

それをじっと見つめると、花琳は心に浮かんだ疑問を振り払うように軽く頭を振って盆を抱え、哉藍の元へと戻った。

「お待たせしました」

「いや、ありがとう……今日は、これを持ってきた」

榻の上に置かれた小机に茶杯を載せると、その横で哉藍が持ってきた包みを開く。そこから姿を現したのは、細かな装飾が美しい月餅《ユエビン》だ。

「うわあ……！」

それを見て、花琳はさきほどまでの不安も忘れ、顔を輝かせた。そういえば、もうじき中秋節だ。この時期にしか食べられない菓子である月餅は、花琳の大好物でもある。

お礼の言葉もそこそこに早速手を伸ばすと、哉藍がくすりと笑みをこぼした。

「勘が当たったな……きっと花琳は、これが好きに違いないと思ったよ」

「うっ……」

まるで子どものようなふるまいをしてしまったと、花琳の顔が赤くなる。だが、そんな彼女を安心させるように微笑むと、哉藍もまた月餅に手を伸ばして見せた。

「実は、俺もこれが大の好物でな。さ、早く食え……さもなくば俺が先に食べつくしてしまうぞ」

「い、いただきます……っ！」

哉藍の言葉に、慌てて小机を挟んで反対側に腰を下ろすと、花琳は月餅に齧りついた。口の中にじんわりと餡の甘さが広がり、多幸感に目を細める。

だが、急いで頬張ったせいか、喉に月餅が詰まってしまった。

「ん、ぐっ……」

「こ、こら……先に食べるといったのは嘘だ、ゆっくり食べろ」

慌てた哉藍が、花琳の手に茶杯を持たせる。ありがたく受け取り、涙目になって茶を飲み干す花琳の背を、彼の大きな手が撫でた。

じんわりとした暖かさが、衣服越しにも感じられ、心臓がどきりと跳ねる。

過去に、異母兄にもこうして背を撫でてもらったことはあるが、そんな風に感じたことはなかった。

そのことに気付いて、かあっと顔が熱くなる。赤くなってしまった顔を隠すように俯いた花琳を、哉藍は月餅を喉に詰まらせたことを恥じている、と捉えたのだろう。

くすりと笑みをこぼした彼の手が、軽く花琳の背を叩いた。二度ほどあやすようにその動作を繰り返し、ゆっくりと手が離れていく。途端に離れていくぬくもりにさみしさを覚え、花琳はちらりと彼の手を盗み見た。

「さ、もう大丈夫か？　もうすこし茶を飲むか？」

「いえ、大丈夫です……」

花琳は首を横に振ると、そのさみしさを誤魔化すように月餅に齧りついた。そんな花琳の様子を楽しげに見ながら、哉藍は自らも月餅を口に運び目を細める。

たわいもないことを話ながら過ごす時間は、あっという間だ。

ぬるくなった茶を一度取り替え、月餅が花琳の胃の中にあらかた消えた頃――ふと思い出したかのように哉藍が口を開いた。

「そういえば、中秋節に宴を催すことになった」

「月見の宴ですか」

彼の言葉に、ああ、と花琳は小さく頷いた。

確かに、中秋節と言えば月見の宴を催すのが一般的だ。大なり小なり、市井でもそうした習慣はある。

「後宮の催し物となると、盛大なものなのでしょうねぇ」

「……まあな、こうした大きな宴は久しぶりだ」

「そうなんですか？」

ここに来てまだ日が浅い花琳にとって、その情報は初耳だ。きょとんと目を瞬かせた花琳に、哉藍が事情を説明する。

なんでも、これまで後宮では、皇帝が病に伏していることもあり、宴は小規模に私的なものを催すに留めていたのだとか。事件の際に催したものは盛大だと思っていたが、あれで「ささやか」な部類に入るらしい。

しかし、今は妃候補を後宮へと集めている時期。世情も落ち着きを見せていることから、大規模な宴を催そうということになった。

そこには、遅々として進まぬ妃選びをどうにかして進展させたいという重臣たちの思惑もあるのだろう。

哉藍の苦い顔つきからそう推測し、花琳は小さく肩をすくめた。

「皇太子殿下も大変ですね」

「そうだな」

同じように肩をすくめ、哉藍が小さなため息を漏らす。

心底うんざりしているのが透けて見えて、花琳は思わず笑ってしまった。

「笑い事ではないぞ」

後宮で宴を催すとなれば、その警備を総括するのは哉藍の仕事だ。忙しくなりそうだ、とぼやく彼が気の毒になり、花琳は少し思案したのち「そうですねぇ」と口を開いた。

「なんだ、なにか褒美でもくれるのか」

「褒美とまではいきませんが、労いになるようななにか……」

考えておきますね、と続けようとした花琳の言葉を遮るように「ならば」と性急に哉藍が大きな声を出す。

驚いて彼の顔を見ると、何を思いついたのか珍しくにんまりと口元が弧を描いていた。

「な、なんですか」

「いや、せっかくの宴だしな……着飾った花琳とひととき過ごす権利が欲しい」

「え、ええっ……？」

驚きに目を瞠り、花琳はまじまじと哉藍の顔を見つめた。

（そ、そんなことがご褒美になるの？）

自分と過ごす時間など、もう珍しくもないだろう。現に今こうして、二人だけのお茶の時間を毎日のように設けているのだ。

だが、存外真剣な目をしてこちらを見つめる哉藍の勢いに押され、花琳は戸惑いながらも彼の申し出に頷いた。


「へえ、なかなかいいんじゃないかい」

「へ、変じゃないですか、師匠～！」

姿見の前に立っていた花琳は、背後からかけられた桜綾の声に襦裙の裾を翻してくるりと振り返った。

身に着けているのは、生成りの上襦に梔子色を主体とした下裙。それを結ぶ飾り紐は黄みのある赤だ。細かな刺繍の施された下裙はたっぷりと布が使われ、少し身動ぎするだけでもひらひらと揺れる。

それに合わせる被帛は、下裙と同じ梔子の薄物。ほんのりと両端が赤みがかっているのがまた美しい。

桜綾の手で綺麗に結われた髪には、小ぶりな歩揺がきらきらと輝いている。そこに団扇を合わせれば、あっという間に淑女の出来上がりだ。

（まあ、見てくれだけなんだけどね）

内心そうため息をつきつつ、もう一度姿見で装いを確認する。

この一式全て、哉藍が「中秋節の宴で身に着けてくれ」と贈って寄越したものだ。

それでなくても、この後宮で生活するに当たって身の回りのもの全てを彼が用意してくれている。中にはそれこそ宴で身に着けるような華美なものも準備されていて、新しく用立てる必要などなかったはずだ。

しかし、哉藍にそう言いたくとも、ここのところ宴の準備で忙しいのか、彼はすっかり姿を見せなくなっていた。ただ時折、部下とおぼしき人たちと遠くを歩く姿を目にするくらいだ。

桜綾に相談しても、にやにやしながら「受け取っておくのが良いさ」というばかり。

（お忙しいのは重々承知なのだけれども……）

花琳は小さく息を吐いた。

我ながら身勝手な話だが、寂しいと思ってしまうのは仕方がないだろう。なにしろこれまではほぼ毎日、顔を合わせていたのだ。

(けど、今日はお会いできるものね)

結局、過ごす時間が欲しいと言われただけで特に待ち合わせているわけでもないが、哉藍のことだ、おそらく劉帆の傍にいるだろう。

「……本当に、おかしくないですよね?」

「ああ。さ、少し早いけどもう行こうか」

最後にもう一度、とばかりに桜綾に確認すれば、彼女は少しだけ呆れたように笑うと頷いた。それから部屋の扉に手をかけて、さあ、と花琳を促してくる。

少しばかりうきうきとして見えるのは、きっと宴席で出る酒が楽しみなのだろう。あれほどに酒を飲んでばかりいたのは、それが術に集中するための手段だったということは聞いている。だが、それとは別にやはり酒好きであることに違いはないようだ。

「飲み過ぎは禁物ですからね」

花琳がそう釘を刺すと、桜綾は「ばれたか」と小さく肩をすくめた。軽く睨めば「わかっているよ」と口にしたものの、果たしてどうなることやら。

「まあまぁ……ほら、もうじき日も暮れる。さっさと行かないと、また皇太子殿下が探しに来るよ」

「はあい」

哉藍とうり二つ、ただし紅い髪に金の瞳をした青年の姿を脳裏に思い浮かべ、花琳は少しだけ唇を尖らせた。哉藍の双子の兄である劉帆は、弟の恋路が気になるようで、それを傍で見物しようとするあまり、なにかと花琳を近くに置きたがる。亡霊事件が解決を見たというのに、花琳を天穹殿に留めたままなのもその一環というわけだ。

そのせいで、事情を知らない者から見れば、未だに花琳は劉帆のお気に入り――つまりは皇后に一番近い存在と見做されていた。

(というか、絶対風よけに使っているわよね、私のことを)

さすがに二ヶ月もここにいれば、そんな思惑も感じ取れるようになる。かの皇太子殿下は、一石で二兎を得ようというお考えなわけだ。

全くもって面倒なことこの上ないが、彼の過去を思えばなんとなく、無碍にすることもできない。

(おそらくまだ暫くは――そっとしておいて差し上げるのがいいのでしょうね)

自分にも、未だ胸の痛みはある。それを思うと、どうしても強く出られない。

桜綾を追って部屋から出ると、もう空は日没間近。遠くの空は、茜と紺が混じり合う不可思議な色に染まっている。

目を細めてそれを見やると、花琳は先に歩き出した桜綾に続いて、宴の会場へと向かった。

（う、うわぁ……）

今宵の宴は規模が大きいと事前に聞かされてはいたものの、実際に人々が集まっているところを見て、花琳はあんぐりと口を開けた。

池のある庭を囲むように建てられた殿舎は、以前宴を催した場所よりもずっと広く、壮麗な作りだ。そこに色とりどりの襦裙を身につけ、大きな髪飾りをつけた女性が大勢集まっている。

妃候補の姫君たちだけではなく、侍女も総出で集まっているのだろう。

会場にはゆったりとした楽の音が流れていて、かがり火がいくつも焚かれている。まるで昼間かと思うような明るさだ。その周囲、あちこちに用意された敷物の上では、既に月見を開始している者もいる。

きょろきょろとその様子を見ていると、先を行く桜綾が振り返り、花琳を急かした。

「ほら、置いていきますよ」

「あ、待ってください」

形式上、侍女としての装いに身を包んでいるからか、桜綾の言葉遣いは丁寧だ。未だに違和感があると思いながら、集まっている人々の合間を縫うようにして、花琳は彼女の背を追いかけて、殿舎の中央——ひときわ華美に着飾った一団が占領している方へと向かった。

ここは、皇太子である劉帆の席が準備されている場所に近く、妃候補の中でもひときわ身分の高い者達が集まっている。

「ああ、花琳様」

その一団の向こうから、花琳を呼ぶ声がした。目を向ければ、花琳の世話係を務めてくれている天穹殿の大監の姿があった。どうぞ、と手招きされ中央の席へと近づくと、周囲からじろじろと遠慮のない視線が注がれる。

何度体験しても慣れないな、と思いつつ、花琳は大監の後に続いて扉代わりの薄布をくぐった。

すると、そこには既に大きな榻に腰掛けた劉帆の姿がある。皇太子にのみ許された瑠璃色の袍が、部屋の外に焚かれたかがり火を映して鮮やかに見えた。

彼は花琳に気付くと、口元に笑みを浮かべた。

「遅かったな」

「失礼いたしました」

恐れ多くも皇太子殿下をお待たせしていたようだ。花琳が慌てて頭を下げると、劉帆はからからと笑い、鷹揚に自分の隣を指し示す。

「さ、そこに座れ。しばらくしたら、見世物の準備もあるらしい。今夜もゆっくり過ごそうではないか」

「まるでゆっくり過ごしたことがあるような言い方はお控えください」

声音から、からかわれていることはわかるが、つい真面目に言い返してしまう。そういうところが面白いらしいぞ、と先日哉藍に教えられたばかりなのに。

（そうだ、哉藍様は……？）

小さくため息を漏らし、花琳は言われたとおりの席に座ると、それとなく周囲を伺った。哉藍の本来の職務は、皇太子の警護だ。幼少期から周囲に命を狙われることも多かった劉帆にとって、最も信頼できるのは双子の弟である哉藍だからだ、と聞いている。

であれば、おそらく彼もここにいるものだと思っていたのだが――

「ああ、哉藍なら……今は殿舎の周りを最終確認しているんじゃないかな。……そうあからさまにがっかりしなくても、すぐにここに来るよ」

にやにやと笑う劉帆に内心を見透かされたのが恥ずかしい。ここで反応すれば、彼の思うつぼだとわかっていても、つい唇を尖らせて軽く睨みつけてしまう。

何か言い返してやろう、と思った時、外から太鼓が重く打ち鳴らされる音が響き、するすると薄絹が引き上げられた。

はっとして顔を上げると、ひときわ華やかな楽の音が流れ、大監が皇太子の登場を告げる大きな声が響き渡る。

それを合図に席を立った劉帆は、手にした玻璃杯を掲げ大声を上げた。

「中秋節を祝う宴だ、みな楽しんでくれ」

わあ、と歓声があがり、あちこちで乾杯の声が聞こえる。すぐそこでは桜綾も、それに合わせて玻璃杯を掲げ、にんまりと笑っていた。

「飲み過ぎはだめですからね」

「わかってるよ」

念のためと再度釘を刺したが、果たして効果があるかどうか。理由のあるなしにかかわらず、桜綾が酒好きだというのは周知の事実。

諦めに似た感情を抱きながら、花琳は自分も傍にあった玻璃杯を手に取った。

◇◇◇

着飾り、月を愛でながら静かに酒を飲む者。その一方で、楽しそうにお喋りに興じる者。

池の上に設えられた舞台では、二胡の音に合わせて舞いが披露され、その向こうではのど自慢の侍女が歌っている。

それぞれに宴を楽しむ人々の間を抜けて劉帆たちのいる一角へと足を踏み入れた哉藍は、目に映った光景に眉をひそめた。

「どうしたことだ？」

「あ、哉藍……早かったね」

哉藍の声に振り返ったのは劉帆だ。その向こう、榻の上では梔子色の襦裙を纏った花琳が、ふらふらと振り子のように揺れている。

頬はうっすらと桃色に染まり、口元は少しだけ緩んで——明らかに、酔っ払いの様相だ。

そこまで見て取ると、哉藍は思いっきり顔をしかめ、劉帆を睨みつけた。

「飲ませたのか？」

「いやいや……ちょっとした手違いってやつ。ほんの一口か二口くらいだったんだけど……」

「それくらいで？」

どうやら、彼女は相当酒に弱いらしい。はあ、と大きなため息を漏らすと、哉藍は額を押さえて軽く首を振った。

それから彼女の傍へと近づくと、膝をついて顔を覗き込む。

「花琳、大丈夫か？」

「ん……哉藍、様……？」

少しだけ鼻にかかったような声と、潤んだ瞳。哉藍の事を認識したのか、花琳がふわりと笑みを浮かべる。

その様子に、哉藍の心臓がどきりと音を立てた。

いつもはどこか一歩引いた立ち振る舞いの彼女だが、今は酔いも手伝ってか、どこか無防備ささえ感じさせる。

（いつもこうならばいいのに……）

少しだけ苦い思いが胸を過り、小さく息を吐く。花琳の気持ちは理解しているつもりだし、心を決めてくれるまで待つつもりだが、時折寂しいと感じるのもまた事実。

「哉藍様……？」

黙り込んでしまった哉藍を不思議に思ったのか、首を傾げた花琳が顔を覗き込んできた。いつもよりも無防備な表情に、胸が騒めく。

（他のやつらに見せていたくない――）

そんな風に思ってしまうのは、まだ自分に自信が持てないからだろう。小さくため息をつくと、哉藍はそっと花琳の手を取った。

「立てるか？」

突然の問いにきょとんと目を瞬かせた花琳だったが、にこりと笑うとすぐに頷く。

それを確認し、哉藍はゆっくりと彼女を立ち上がらせた。

「おい、どこへ連れてくつもりだ？」

「酔い覚ましだ。いつまでもこんな、酒の匂いがぷんぷんするところにいては敵わん」

そう言い残し、花琳の手を引いてさっさと部屋を出る。

「野暮な皇太子殿下だこと」

背後では、桜綾がそう劉帆をからかう声が聞こえた。


「わあ……月、大きい……」

宴の会場から少し離れると、途端に辺りは静けさを増す。会場内ではかがり火が煌々と焚かれているので気付かなかったが、月明かりだけでも充分な明るさだ。

その月の光に照らされて、哉藍の贈った一式を身に着けている花琳は――さながら月の精のようだ。

(見立てどおりだな)

満足げに頷いて、哉藍は目を細めた。

梔子色を基調とした装いは、今宵の月と同じ色。そして、それは――

「ねえ、哉藍様見てくださいよ……ほら、まるで哉藍様の瞳の色みたい」

それからこれも、と下裙を摘まみ、くるりとこちらを振り仰いだ花琳が、にこにこと笑いながら言う。その言葉に、心臓が掴まれた心地がした。

普段は秘している、自分本来の姿。その欠片なりと身に着けてほしい、という自分でも呆れるような欲求を月に隠して贈った。

そんな自分と同じ事を考えてくれた、という事実が嬉しくて思わず握っていた手を引き寄せる。まだ酔いが覚めていないのか、ふわふわとした足取りだった花琳は、されるがままに哉藍の腕の中へと納まった。

「うぇ……？」

衝動的な哉藍の行動に驚いたのか、花琳がくぐもった呻き声を上げる。だが、それもほんの一瞬で、すぐににこにこと微笑むと、彼女は哉藍の胸元にこてんと頭を預けた。

へへ、と照れたように笑うのが愛らしい。

「花琳……」

いつもこんな風に、素直に甘えてくれたなら。そんな思いを込め、名前を呼ぶ。

最初は、無理難題を押しつけたことから来る責任感だった。だが彼女のことを知れば知るほど、義務ではなく心から守りたいと思うようになった。

そう、こんな風に、腕の中にすっぽりと納めて、どこにも行かせないで。

気持ちのままに、彼女を抱く手に力を込める。すると、花琳もまた哉藍の胸に顔を寄せ、うっとりと目を閉じた。

小さく息を呑んだ時――ぽつり、と花琳の口から言葉がこぼれる。

「哉藍様は……どうしてこんなに私に良くしてくださるのかな……」

「花琳……？」

「やっぱり、私が……星見の血を受け継いでいるから、なのかなぁ……」

おそらく、花琳はこの言葉を口にしているつもりはないのだろう。ただ酒の力で胸につかえていた言葉が転がり出てしまった――そんな様子だ。

だが哉藍にとって、それは頭をがつんと殴られたような衝撃だった。

（花琳が真実気にしていたのは、そこだったのか……）

そこに思い至らなかったのは、自身が彼女を「星見の力を持つ娘」として見ていなかった、という事が大きい。あくまでも哉藍が恋情を抱いたのは、ただ懸命に生きている花琳そのものだったからだ。

だが、彼女にしてみれば、星見の力のせいでその身を狙われるという経験をしたばかり。

（自然に伝わるなどと思わず、言葉を尽くすべきだった……）

いいやそれは、これからでも遅くはないはずだ。

疑念が払拭できれば、自分たちの関係は一歩前進するだろう。

そう確信し、哉藍は口を開いた。

「花琳……俺がきみに惹かれたのは、力のことは関係ない。懸命に生きるその姿、芯の強さ、自分のことよりもひとのことを優先する優しさ……そういうところを、好ましく思っている」

「へ、え……っ？」

突然の哉藍の言葉に驚いたのか、花琳がぱちりと目を見開く。酔いなどすっかり覚めた、という風情で戸惑い気味にこちらを見上げた彼女は、哉藍と視線が合うと「あっ」と小さな叫び声を上げた。

「う、うそ、や……え、どうして」

心の中で思っていたことを、本当に口に出してしまっていた――その事に気付いたのだろう。慌てた様子で顔を逸らそうとするのを阻止する。くいと顎を掴み、その顔をこちらに向ければ、頬は先ほどよりも赤みを増して、瞳には涙の滴が盛り上がっていた。

「お、おいっ……？」

「だ、だって……っ」

今度は哉藍が慌てる番だった。こちらを見つめる花琳の瞳から、ぽろぽろとこぼれる涙にどうしていいかわからなくなる。

「な、なぜ泣く⁉　俺は何か、きみを悲しませるようなことを言ったか……？」

「う、うう……っ、ち、ちが……っ」

ひくりひくりとしゃくり上げながら、花琳はぶんぶんと首を振った。悲しいわけではない、という意思表示にほっと息を吐き、だがそれではなぜ泣いているのか、という疑問が残る。

「泣かないでくれ……きみに泣かれたら、俺はどうしていいかわからない」

「は、恥ずかしいけど……う、嬉しくって……っ」

「嬉しい……？」

つまりは、嬉し泣き——ということだろうか。ほっと胸をなで下ろし、哉藍は花琳の目元に指を添えた。柔らかく涙を拭い、そのまぶたに唇を寄せる。

ひゃ、と小さな叫び声こそ上がったが、拒む気配はない。そのことに安堵して、唇を離すと、哉藍は彼女の顔を覗き込んだ。

すると、真っ赤な顔をした愛しい少女がゆっくりと目を開く。深い紺色の奥に星の散る、美しい瞳が姿を現し、そこに自分の姿が映り込んでいた。

その表情は、自分でもこれまでに見たことがないほどに優しげだ。

（このように、花琳には俺が見えているのかな……）

そうならば、良いと思う。

「涙は止まったか？」

「お、驚きすぎて……」

二度ほど瞳を瞬かせ、花琳は頷きながらそう呟いた。だが、「そうか」と微笑みかけると、再び視線を逸らし、うう、と小さな呻き声を上げる。

「こんなの、反則ですって……」

「何がだ」

哉藍が問うと、花琳は赤くなった顔を隠すように手で覆い、くぐもった声で答えた。

「私ばっかり、こんなみっともないところを見せて」

「そうか？　みっともないところなど、何一つ見当たらなかったが」

至極真面目にそう返すと、花琳は「もう！」と大声で叫び、するりと哉藍の腕から抜け出した。

ととっと軽い足音を立てて二、三歩離れると、そこでくるりと振り返る。そうすると、ふわりと襦裙の裾が広がって、まるで舞いの一場面のように幻想的だ。

思わず息を呑んで、その姿に見入る。

「……しも、ですから」

「え？」

言いにくいことなのか、花琳がなにごとかをもごもごと口にする。うまく聞き取れず、哉藍は思わず聞き返した。

すると彼女は、うっと一瞬言葉に詰まる。

だが——覚悟を決めたのだろう。ぎゅっと拳を握り締めると、今度ははっきりと哉藍の顔を見つめ、口を開いた。

「私も、哉藍様のこと……おっ……お慕いしておりますから……っ」

言うだけ言うと、花琳はぱっと身を翻して逃げようとする。だがそれよりも、哉藍が彼女を捕まえる方が早かった。

きゃ、と小さな悲鳴を上げる花琳を再び腕の中へと閉じ込める。

「花琳……」

それ以上言葉にならない。花琳がはっきりと自分への気持ちを口にしたのは初めてだと思うと、喜びと愛しさが溢れて止まらない。

じっと見つめると、頬を赤く染めた花琳が潤んだ瞳で見上げてくる。

「口付けても良いか？」

「そ、そういうのは……聞かないでください」

哉藍が尋ねると、消え入りそうな声で花琳が答える。

「いいや——言葉にするのは、大切だからな」

唇を近づけ、囁くようにそう言うと、哉藍はそっと触れるだけの口付けを花琳に贈る。

その様子を、大きな黄金色の月がくっきりと照らし出していた。

覚悟しておいて、
俺の花嫁殿——

就職予定だった会社が潰れ、職なし家なしになってしまった紗和《さわ》。人生のどん底にいたところを助けてくれたのは、壮絶な色気を放つあやかしの男。常磐《ときわ》と名乗った彼は言った、「俺の大事な花嫁」と。なんと紗和は、幼い頃に彼と結婚の約束をしていたらしい! 突然のことに戸惑う紗和をよそに、常盤が営むお宿で仮花嫁として過ごしながら、彼に嫁入りするかを考えることになって……? トキメキ全開のあやかしファンタジー!!

定価:726円(10%税込み) ISBN 978-4-434-32929-6

Illustration:桜花舞

可愛い子どもたち＆イケメン和装男子との
ほっこりドタバタ住み込み生活♪

会社が倒産し、寮を追い出された美空《みそら》はとうとう貯蓄も底をつき、空腹のあまり公園で行き倒れてしまう。そこを助けてくれたのは、どこか浮世離れした着物姿の美丈夫・羅刹《らせつ》と四人の幼い子供たち。彼らに拾われて、ひょんなことから住み込みの家政婦生活が始まる。やんちゃな子供たちとのドタバタな毎日に悪戦苦闘しつつも、次第に彼らとの生活が心地よくなっていく美空。けれど実は彼らは人間ではなく、あやかしで…!?

各定価:726円(10%税込)

Illustration:鈴倉温

春龍街のあやかし謎解き美術商

謎が解けない店主の臨時助手始めました

雨宮いろり
Irori Amemiya

特別な眼を持つOL × 最凶のあやかし

善悪コンビの謎解き奇譚!

アルファポリス
第5回
キャラ文芸大賞
謎解き賞
受賞作!

人とあやかしの血を引くOLのちづるは、真実を見抜く特別な力「麒麟眼《きりんがん》」を持つせいで、周囲から孤立しがち。そんなある夜、彼女は人の世の裏側にある春龍街《しゅんりゅうがい》の住人――あやかしの白露《はくろ》と出会う。半ば強引にあやかしの世へと連れてこられたちづるは、美術商をする白露に誘われるまま真贋鑑定《しんがんかんてい》の依頼を手伝い始めるが……。吉祥とされる全てを見透かす善《よ》き眼を持ったちづると、凶兆を告げる最強のあやかし「鵺《ぬえ》」の白露。善悪コンビが紡ぐあやかし謎解き奇譚ここに開幕!

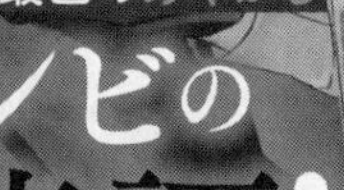

●定価:726円(10%税込)　●ISBN:978-4-434-32926-5

●Illustration:安野メイジ

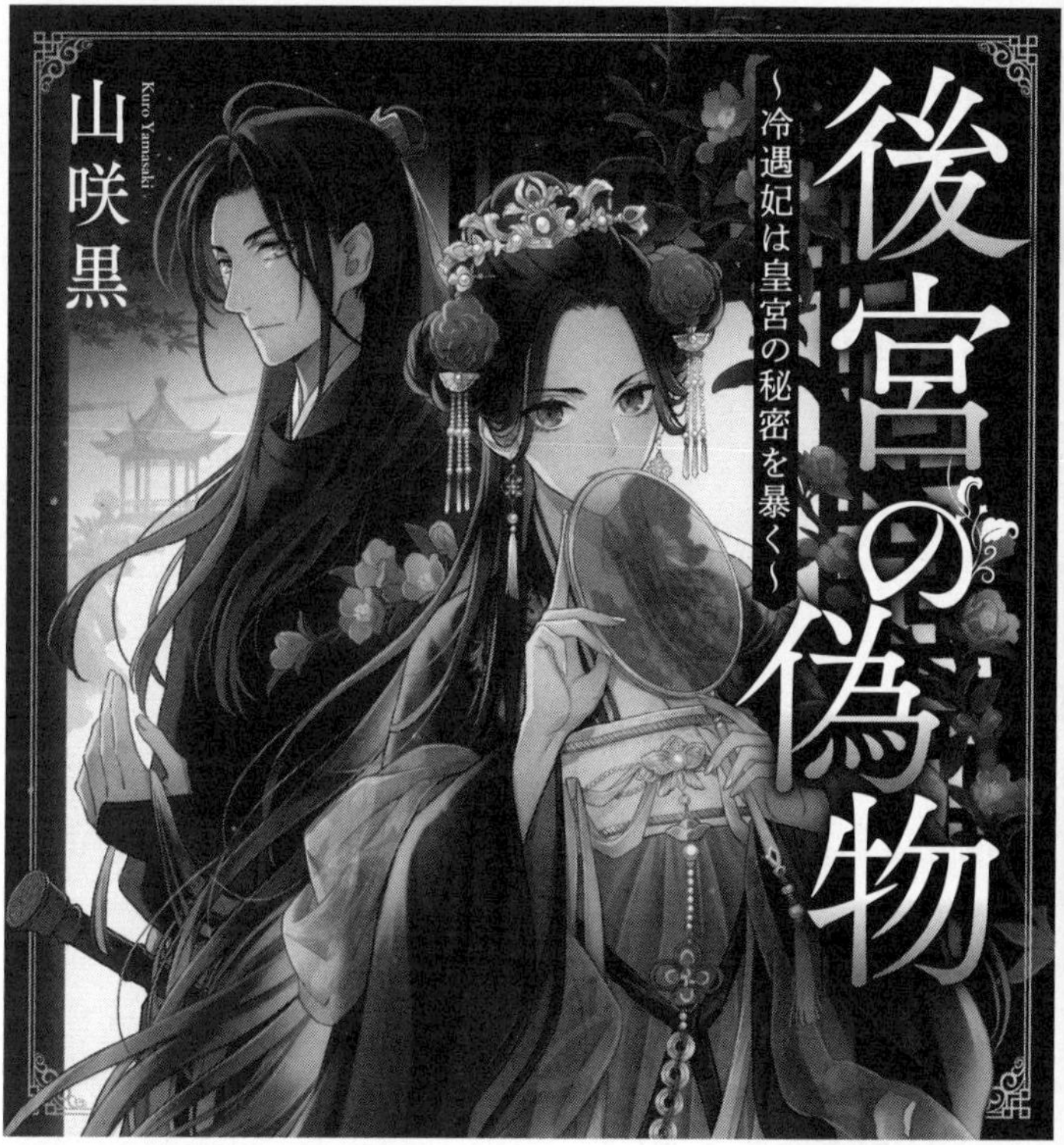

身が朽ちるまで
そばにいろ、俺の剣――

「今日から貴方の剣になります」後宮の誰もに恐れられている貴妃には、守り抜くべき秘密があった。それは彼女が貴妃ではなく、その侍女・孫灯《そんとう》灯《とう》であるということ。本物の貴妃は、二年前に不審死を遂げていた。その死に疑問を持ちながらも、彼女の遺児を守ることを優先してきた灯灯は、ある晩絶世の美男に出会う。なんと彼は病死したはずの皇兄・秦白禎《しんはくてい》で……!?　毒殺されかけたと言う彼に、貴妃も同じ毒を盛られた可能性を示され、灯灯は真実を明らかにするために彼と共に戦うことを決意し――

定価:726円(10%税込み)　ISBN 978-4-434-32810-7

イラスト:雲屋ゆきお

この作品に対する皆様のご意見・ご感想をお待ちしております。

おハガキ・お手紙は以下の宛先にお送りください。

【宛先】

〒 150-6008 東京都渋谷区恵比寿 4-20-3 恵比寿ｶﾞｰﾃﾞﾝﾌﾟﾚｲｽﾀﾜｰ 8F
（株）アルファポリス　書籍感想係

メールフォームでのご意見・ご感想は右のＱＲコードから、
あるいは以下のワードで検索をかけてください。

アルファポリス　書籍の感想　検索

ご感想はこちらから

アルファポリス文庫

紅国後宮天命伝《こうこくこうきゅうてんめいでん》 ～星見《ほしみ》の少女《しょうじょ》は恋《こい》を知《し》る～

綾瀬《あやせ》ありる

2023年　11月25日初版発行

編集－本丸菜々
編集長－倉持真理
発行者－梶本雄介
発行所－株式会社アルファポリス
〒150-6008東京都渋谷区恵比寿4-20-3恵比寿ｶﾞｰﾃﾞﾝﾌﾟﾚｲｽﾀﾜｰ8F
TEL 03-6277-1601（営業）03-6277-1602（編集）
URL https://www.alphapolis.co.jp/
発売元－株式会社星雲社（共同出版社・流通責任出版社）
〒112-0005東京都文京区水道1-3-30
TEL 03-3868-3275
装丁イラスト－武田ほたる
装丁デザイン－AFTERGLOW
印刷－中央精版印刷株式会社

ISBN978-4-434-32811-4 C0193